국어시간에
노랫말읽기

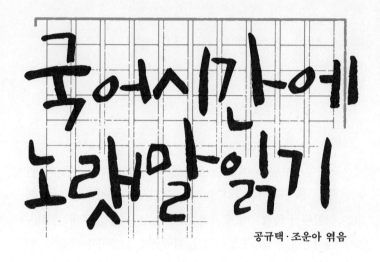

국어시간에 노랫말 읽기

공규택 · 조운아 엮음

Humanist

국어 시간에 가장 많이 읽는 책

전국국어교사모임은 신나고 재미있는 국어 수업을 만들기 위해 20년이 넘게 애써 왔습니다. 특히, 중·고등학생들이 읽을 만한 책이 없는 상황에서 학생들이 즐겨 읽을 수 있는 책들을 펴내 청소년 문학에 새바람을 불러일으켰습니다. 학생들의 눈높이를 가장 잘 알고 있는 현장의 국어 선생님들이 엮은 '국어시간에 읽기' 시리즈는 학생들의 관심과 흥미를 살폈을 뿐 아니라, 학생들의 삶이나 현실과 맞닿아 있어 공감을 끌어낼 수 있었습니다.

우리 모임에서 청소년 문학으로 낸 첫 번째 책은 김은형 선생님이 수업에 활용했던 소설을 모아 엮은 《국어시간에 소설읽기 1》입니다. 이 책은 나오자마자 청소년 문학 베스트셀러가 되었습니다. 학생들의 눈높이에 맞는 책인지라 수업 시간에 가장 많이 읽는 책이 되었으며, 여러 권위 있는 단체에서 '중학생이 읽기 좋은 책', '중학생에게 읽기를 권장하는 책'으로 뽑았습니다. 우리는 이어서 《국어시간에 시읽기》,《국어시간에 생활글읽기》 등을 차례로 펴냈고, 그 책들은 모두 현장 국어 교사들이 수업에 적극 활용하는 책이면서 학생들이 즐겨 읽는 책으로 자리 잡았습니다. 이후 아이들에게 더 많은 읽을거리를 제공하고 싶다는 바람으로 《국어시간에 세계단편소설읽기》,《국어시간에 세계시읽기》,《국어시간에 세계희곡읽기》 같은 세계 문학 선집도 엮게 되었습니다. 이 모든 읽을거리가 청소년들의 삶을 더욱 풍성하게 하고, 청소년들의 생각을 더 크고 넓게 해 줄 거라 믿습니다.

'국어시간에 읽기' 시리즈는 학생들에게 읽기의 즐거움을 맛보게 해 준 책입니다. 또한 청소년 문학 시장에 다양한 분야의 책이 나올 수 있도록 마중물 역할을 하였습니다.

'국어시간에 읽기' 시리즈를 통해 학생들이 세상을 이해하고 세상 속으로 한 걸음 나아가기를 기대합니다. 또한 우리 주변의 진솔한 삶의 이야기, 그 속에 숨어 있는 보석 같은 깨달음이 여러분과 함께 하기를 바랍니다.

이 책들이 모든 사람에게 오래도록 사랑받기를 바랍니다.

전국국어교사모임

시처럼 이야기처럼
노랫말을 읽는 재미

수많은 케이팝 가운데는 대중에게 큰 사랑을 받는 노래가 있는가 하면, 대중의 귀에 단 1초도 스치지 못한 채 사라져 가는 노래도 있다. 하지만 대중의 귀에 스치지 못한 노래라고 해서 그것을 찾아 들을 가치마저 없는 것은 아니다. 여러 가지 이유로 대중과 만나지 못한 노래일 뿐이니까 말이다. 대중은 종종 대중가요의 멜로디에 취하곤 하는데, 케이팝에서 멜로디를 완전히 배제하고 노랫말에만 집중하면 어떻게 될까? 대중에게 외면 받은 노래라고 하더라도 노랫말을 찬찬히 들여다보면 한 편의 시처럼 혹은 재미있는 이야기처럼 읽히는 경우가 있다. 시처럼, 이야기처럼 읽힌다는 것은 문학적으로 완성도가 높다는 의미이다.

대중가요의 노랫말은 현실의 삶에 밀착되어 있다. 그래서 청소년들은 다른 읽기 제재에 비해 노랫말을 아주 친숙하게 느끼고 그 내용에 쉽게 공감한다. 또 그것을 반복적으로 되뇌면서 내면화하기도 한다. 노랫말이 가진 읽기 제재로서의 가치가 바로 여기에 있다. 청소년에게 미치는 영향력이 크다는 것이다. 더욱이 대중가요의 노랫말이 가진 내용적 스펙트럼은 우리의 삶을 통찰할 수 있을 정도로 광범위하다. 노랫말은 우리의 가슴을 울리기도 하고, 용기를 북돋우기도 하고, 사회를 비판적으로 바라보게도 하며, 미처 몰랐던 새로운 사실을 알려 주기도 한다. 요컨대, 대중가요의 노랫말은 형식적으로 문학적인 가치를 갖추었을 뿐만 아니라, 내용적으로는 독자에게 영향력을 끼칠 만큼 다양하고 친숙하며 깊이가 있다.

이런 대중가요의 노랫말 가운데 청소년들에게 읽힐 만한 것들을 어떻게 선별할까? 밤하늘의 별처럼 무수한 노래들 가운데 어떤 것을 고를지는 쉬운 일이 아니다. 하지만 거꾸로 생각하면 대중가요가 무궁무진한 읽을거리를 제공하는 '무진장(無盡藏)'이기에 즐거운 마음으로 '좋은 노랫말'을 찾아내고 또 찾아내었다. 일단 노랫말이 가진 키워드를 중심으로 주제별로 크게 묶었다. 그리고 다양한 가수, 다양한 시대, 다양한 장르의 노래를 고루고루 담으려고 노력했다. 그리고 학생들이 이것을 효율적으로 읽고 감상할 수 있도록 몇 가지 장치를 더하여 읽기 자료의 틀로 내놓게 되었다.

학생들이 노랫말을 효율적으로 감상하고 국어 시간에 의미 있게 읽을 수 있도록 이 책에 더한 몇 가지 장치는 다음과 같다. 노랫말을 일차적으로 이해하는 데 길라잡이가 될 '노랫말 읽기', 노랫말을 통해 확장된 생각거리를 제시한 '생각해 보기', 그리고 노랫말과 연관 지어 읽으면 좋은 문학 작품과 영상 매체를 밝힌 '엮어 읽기'가 바로 그것이다. 부디 많은 독자가 이 책을 통해 아름다운 노랫말을 많이 읽고 문학적 감수성을 키울 뿐만 아니라, 노랫말이 품고 있는 우리 사회의 다양한 모습과 삶의 다양한 의미를 깨달아 가는 데 조금이나마 도움이 되었으면 좋겠다.

공규택·조운아

'국어시간에 읽기' 시리즈를 내면서   4

머리말   6

chapter 1

사랑의 설렘과 그리움, 아픔을 노래하다

사랑, 이별, 추억

고백 • 델리스파이스   16

안티프리즈(Antifreeze) • 검정치마   19

그중에 그대를 만나 • 이선희   22

오, 사랑 • 루시드 폴   25

우리는 선처럼 가만히 누워 • 요조   28

산골 소년의 사랑 이야기 • 예민   30

가장 보통의 존재 • 언니네 이발관   32

머리를 자르고 • 데이라이트   35

거꾸로 걷는다 • 어반 자카파   38

3인칭의 필요성 • 넬   40

봄날은 간다 • 김윤아   43

바람이 분다 • 이소라   46

이별의 온도 • 윤종신   49

chapter 2

우리 사회, 우리 생각, 우리 문화를 느끼다

사회, 오늘, 문화

백 세 인생 • 이애란	54
네모의 꿈 • 화이트	57
숭례문 • 바이브	60
못생겨도 괜찮아 • 뉴올	63
MAMA • EXO-K	67
134-14 • GOD	71
1996, 그들이 지구를 지배했을 때 • 서태지와 아이들	75
사람이었네 • 루시드 폴	79
사람들을 착하게 만들어 놓았더니 • UMC/UW	82
착한 늑대와 나쁜 돼지 새끼 세 마리 • 거리의 시인들	88
두 바퀴로 가는 자동차 • 김광석	92
일탈 • 자우림	95

chapter 3

내가 바라본 나, 이제 미래를 꿈꾸다

자아, 꿈, 성찰

Tomorrow • 방탄소년단	100
꿈이 뭐야 • 그레이	105
민물장어의 꿈 • 신해철	110

말하는 대로 · 처진 달팽이   113

야생화 · 박효신   117

요즘 너 말야 · 제이레빗   120

날개 · 언타이틀   123

내 낡은 서랍 속의 바다 · 패닉   126

붉은 낙타 · 이승환   129

새봄나라에서 살던 시원한 바람 · 시인과 촌장   133

출발 · 김동률   136

코뿔소 · 한영애   139

chapter 4

우리가 앞으로 나아갈 길을 밝히다

교육, 통일, 역사, 평화

75점 · 커피소년   144

상자 속 젊음 pt.2 · 앤덥   147

학교에서 뭘 배워 · 일리닛   152

자유에 관하여 · 김건모   156

소격동 · 서태지   159

외롭지 않은 섬 · 오지총, 안치환   162

No More Terror · 이정현   165

… 라구요 · 강산에   169

절망 앞에서 · 김민기   172

통일로 가는 길 · 김진표, 허니패밀리   176

발해를 꿈꾸며 · 서태지와 아이들   181

chapter 5

이 땅의 누구에게나 행복을 허락하라

경제, 정치, 국가

위잉위잉 · 혁오   186

졸업 · 브로콜리 너마저   190

싸구려 커피 · 장기하와 얼굴들   193

치킨런 · 달빛요정 역전만루홈런   198

삐걱삐걱 · DJ DOC   201

UFO · 패닉   205

개구리 소년 · MC 스나이퍼   208

막걸리나 · 45RPM   213

대정부 질문 · 타카피   216

가만히 있으라 · 이승환   219

chapter 6

가족과 이웃, 오직 사람만이 희망이다

인간, 가족, 소시민

가족 · 이승환   224

엄마가 딸에게 · 양희은   227

가족사진 · 김진호   231

아버지 · 싸이   233

아버지와 나 · 넥스트   237

양화대교 · 자이언티 241

어머니의 된장국 · 다이나믹 듀오 245

새벽 그림 · 토이 249

11월 1일 · 에픽하이 252

고등어 · 루시드 폴 256

피어나 · 심규선 259

수고했어, 오늘도 · 옥상달빛 263

chapter 7

생명이 부른다, 생명을 부른다

환경, 생명, 자연

인공 잔디 · 악동뮤지션 268

날아라 병아리 · 넥스트 271

붉은 바다 · 넥스트 외 275

나영이 · 요조 278

북극곰아 · 좋아서 하는 밴드 281

같이 살자 · 양양 284

물이 되는 꿈 · 루시드 폴 287

언젠가 너로 인해 · 가을방학 290

먼지 낀 세상엔 · 015B 293

모든 게 아름다워 · 이한철 295

하늘, 바다, 나무, 별의 이야기 · 조관우 297

chapter 1

사랑의 설렘과 그리움, 아픔을 노래하다

— 사랑, 이별, 추억

고백

노래 델리스파이스(2003)

작사 스위트피

중2 때까진 늘 첫째 줄에
겨우 160이 됐을 무렵
쓸 만한 녀석들은 모두 다
이미 첫사랑 진행 중
정말 듣고 싶었던 말이야
물론 2년 전 일이지만
기뻐야 하는 게 당연한데
내 기분은 그게 아냐

하지만 미안해 네 넓은 가슴에 묻혀
다른 누구를 생각했었어
미안해 너의 손을 잡고 걸을 때에도
떠올렸었어 그 사람을

널 좋아하면 좋아할수록
상처 입은 날들이 더 많아
모두가 즐거운 한때에도
나는 늘 그곳에 없어

정말 미안한 일을 한 걸까
나쁘진 않았었지만
친구인 채였다면 오히려
즐거웠을 것만 같아

하지만 미안해 네 넓은 가슴에 묻혀
다른 누구를 생각했었어
미안해 너의 손을 잡고 걸을 때에도
떠올랐었어 그 사람이

노랫말 읽기

세 명의 화자가 서로 다른 고백을 한다. 이 노랫말은 삼각관계에 빠진 세 명의 화자가 교차하며 자신의 입장에서 상대방에게 자신의 마음을 고백하는 내용이다. 첫째 연은 자신이 맺어 준 남녀 커플 사이에 본의 아니게 끼어들어, '정말 듣고 싶었던 말'을 듣고 여자에게 마음이 향하고 있는 남자의 고백. 후렴구에 해당하는 둘째 연과 마지막 연은 그 남자를 사랑하게 된 여자가 남친에게 미안해하는 고백. 셋째 연은 여친이 나보다 내 친구에게 더 관심이 가 있다는 것을 알게 된 남자가 떠나는 여친에게 하는 슬픈 고백. 아! 삼각관계는 반드시 누군가를 아프게 하느니.

생각해 보기

• 첫째 연에서 '정말 듣고 싶었던 말'은 무엇일까? 그 말을 듣고도 기쁘지 않은 이유는 무엇일까?

• 이 세상에서 가장 하기 힘든 고백은 어떤 것일까?

엮어 읽기

소설 신경숙, 〈깊은 슬픔〉 사랑하는 사람들의 쇠털처럼 섬세한 심리, 그리고 그 숨결.

만화 아다치 미츠루, 〈H2〉 작사가 왈, "이 노래를 만드는 데 이 야구 만화가 결정적인 모티브가 되었습니다."

드라마 TVN 〈응답하라 1997〉 드라마의 가장 극적인 삼각관계 장면에서 이 노래가 OST로 깔린다.

안티프리즈 *Antifreeze*

노래 검정치마(2010)

작사 조휴일

우린 오래전부터 어쩔 수 없는 거였어
우주 속을 홀로 떠돌며 많이 외로워하다가
어느 순간 태양과 달이 겹치게 될 때면
모든 것을 이해할 수 있을 거야

하늘에선 비만 내렸어 뼈 속까지 다 젖었어
얼마 있다 비가 그쳤어 대신 눈이 내리더니
영화서도 볼 수 없던 눈보라가 불 때
너는 내가 처음 봤던 눈동자야

낯익은 거리들이 거울처럼 반짝여도
니가 건네주는 커피 위에 살얼음이 떠도
우리 둘은 얼어붙지 않을 거야
바다 속의 모래까지 녹일 거야
춤을 추며 절망이랑 싸울 거야
얼어붙은 아스팔트 도시 위로

숨이 막힐 것같이 차가웠던 공기 속에

너의 체온이 내게 스며들어 오고 있어
우리 둘은 얼어붙지 않을 거야
바다 속의 모래까지 녹일 거야
춤을 추며 절망이랑 싸울 거야
얼어붙은 아스팔트 도시 위로

너와 나의 세대가 마지막이면 어떡해
또 다른 빙하기가 찾아오면 어떡해
긴 세월에 변하지 않을 그런 사랑은 없겠지만
그 사랑을 기다려 줄 그런 사람을 찾는 거야

긴 세월에 변하지 않을 그런 사랑은 없겠지만
그 사랑을 기다려 줄 그런 사람을 찾는 거야

노랫말 읽기

"지금 사랑하지 않는 자, 모두 유죄"(노희경 작가)라고 했던가. 사랑은 우리 삶의 대주제이자 인류의 공통된 관심사이기도 하다. 우리의 삶은 사랑을 빼놓고 이야기할 수 없으니, 이 노랫말처럼 사랑 없는 외로운 삶은 마치 '빙하기'나 다름없는 것이다. 삶의 빙하기 속에서 '긴 세월에 변하지 않을' 운명적인 사랑을 찾는다는 건 그만큼 얼어붙지 않을 마음의 온기가 절실해서일지도 모른다. 그러니 사랑만이 추위를 이길 수 있다.

생각해 보기

• 이 노랫말의 내용으로 볼 때, 제목인 '안티프리즈(Antifreeze)'가 의미하는 것은 무엇일까?
• '운명적인 사랑'은 어떠한 사랑일지 생각해 보자.

엮어 읽기

시 김남주, 〈사랑 1〉 사랑의 위대함은 기적을 만드는 힘에 있는 것.
수필 노희경, 〈지금 사랑하지 않는 자, 모두 유죄〉 "사랑하지 않는 자는 모두 유죄다. 자신에게 사랑받을 대상 하나를 유기했으니 변명의 여지가 없다."
영화 닉 카사베츠 감독, 〈노트북〉 기억이 지워진다 해도 사랑은 남아 있다. 사랑한다면 이들처럼!

그중에 그대를 만나

노래 이선희(2014)

작사 김이나

그렇게 대단한 운명까진
바란 적 없다 생각했는데
그대 하나 떠나간 내 하루는 이제
운명이 아니면 채울 수 없소

별처럼 수많은 사람들 그중에 그대를 만나
꿈을 꾸듯 서로를 알아보고
주는 것만으로 벅찼던 내가 또 사랑을 받고
그 모든 건 기적이었음을

그렇게 어른이 되었다고
자신한 내가 어제 같은데
그대라는 인연을 놓지 못하는 내 모습
어린아이가 됐소

별처럼 수많은 사람들 그중에 그대를 만나
꿈을 꾸듯 서로를 알아보고
주는 것만으로 벅찼던 내가 또 사랑을 받고

그 모든 건 기적이었음을

나를 꽃처럼 불러 주던 그대 입술에 핀 내 이름
이제 수많은 이름들 그중에 하나 되고
그대의 이유였던 나의 모든 것도 그저 그렇게

별처럼 수많은 사람들 그중에 서로를 만나
사랑하고 다시 멀어지고
억겁의 시간이 지나도 어쩌면 또다시 만나
우리 사랑 운명이었다면
내가 너의 기적이었다면

노랫말 읽기

화자는 지금 '어린아이'처럼 설레고 벅찬 사랑을 경험하고 있다. '천생연분'이라는 말이 있다. '하늘이 맺어 준 인연'이라는 뜻이다. 하늘이 맺어 준다는 것은 '운명'의 다른 이름이다. '별처럼 많은 사람' 중에 두 사람이 서로 인연을 맺는다는 것은 운명이 아니고서는 좀처럼 일어날 수 없는 '기적'과 같은 일이다. 혹시 이별을 하게 된다면 '억겁'의 세월을 기다려서라도 다시 인연을 맺고 싶다는 소망. 이렇듯 화자는 자신에게 찾아온 사랑이 너무나도 소중한 것이다.

생각해 보기

• 사랑은 '운명'으로 만들어지는 것일까, '우연'으로 만들어지는 것일까? 아니면 사람의 '의지'로 만들어지는 것일까?

• 이 노랫말에서 불교적 색채가 드러나는 부분을 찾아보자.

엮어 읽기

시 김광섭, 〈저녁에〉 '별처럼 수많은 사람', 그리고 하나의 '별'과 '나'의 운명적 만남.

소설 이효석, 〈메밀꽃 필 무렵〉 그날 밤 허 생원과 성 처녀의 만남은 우연이었을까, 운명이었을까?

오, 사랑

노래 루시드 폴(2005)

작사 루시드 폴

고요하게 어둠이 찾아오는
이 가을 끝에 봄의 첫날을 꿈꾸네
만 리 너머 멀리 있는 그대가 볼 수 없어도
나는 꽃밭을 일구네
가을은 저물고 겨울은 찾아들지만

나는 봄볕을 잊지 않으리
눈발은 몰아치고 세상을 삼킬 듯이
미약한 햇빛조차 날 버려도
저 멀리 봄이 사는 곳
오, 사랑

눈을 감고 그대를 생각하면
날개가 없어도 나는 하늘을 날으네
눈을 감고 그대를 생각하면
돛대가 없어도 나는 바다를 가르네
꽃잎은 말라 가고 힘찬 나무들조차
하얗게 앙상하게 변해도

들어 줘 이렇게 끈질기게 선명하게
그대 부르는 이 목소리 따라
어디선가 숨 쉬고 있을 나를 찾아
네가 틔운 싹을 보렴
오, 사랑
네가 틔운 싹을 보렴
오, 사랑

노랫말 읽기

사랑, 그것의 정체는 도대체 무엇일까? '사랑'이라는 말을 어원적으로 살펴보면, 동양에서는 '헤아려 생각하다[사량(思量)]' 또는 '불이 타오르는 마음[살(燒)+앙]'에서 비롯되었다는 설이 있다. 그리고 서양에서는 '죽음에 대한 항거(amor)'에서 파생되었다는 설이 있다. 말하자면, 상대방을 헤아리며 사랑으로 충만한 삶을 사는 것이 바로 살아 있다는 증거가 되는 셈이다. 그러니 이 노랫말에서처럼 세상이 자신을 버려도 그대를 생각하고, 만 리 너머 멀리 있는 그대가 볼 수 없다 해도 꽃밭을 일구는 것이 아닐까.

생각해 보기

• '그대가 볼 수 없어도 나는 꽃밭을 일구네'가 함축한 의미를 "내일 지구가 멸망하더라도 나는 한 그루의 사과나무를 심겠다."라는 명언과 관련하여 유추해 보자.

• 이 노랫말에는 '만 리'라는 사랑의 거리가 제시되어 있다. 눈에서 멀어지면 더 그리워지는지, 아니면 마음이 멀어지는지 생각해 보자.

엮어 읽기

시 류시화, 〈그대가 곁에 있어도 나는 그대가 그립다〉 내 마음속 꿈과 감정 모두를 품고 있는 '내 안의 그대', 그대가 곁에 있어도 '내 안'에 들어와 있지 않으면 그립다.

방송 EBS 〈지식채널 e〉 '당신을 어떻게 사랑하느냐고요' 편 진실한 사랑에 대한 영상 속 한마디. "내 영혼이 닿을 수 있는 깊이만큼, 넓이만큼, 그 높이만큼 당신을 사랑합니다."

우리는 선처럼
가만히 누워

노래 요조(2010)

작사 요조

우리는 선처럼 가만히 누워
닿지 않는 천장에 손을 뻗어 보았지
별을, 진짜 별을 손으로 딸 수 있으면 좋을 텐데
그럼 너의 앞에 한쪽만 무릎 꿇고
저 멀고 먼 하늘의 끝 빛나는 작은 별
너에게 줄게 다녀올게
말할 수 있을 텐데

우리는 선처럼 가만히 누워
볼 수 없는 것을 보려 눈을 감아 보았지
어딘가 정말로 영원이라는 정류장이 있으면 좋을 텐데
그럼 뭔가 잔뜩 들어 있는 배낭과
시들지 않는 장미꽃 한 송이를 들고
우리 영원까지 함께 가자고
말할 수 있을 텐데

우리는 선처럼 가만히 누워
우리는 선처럼 가만히 누워

노랫말 읽기

세상이라는 거대한 망에서 인간을 보면 '점 하나' 정도에 불과하지만, 사람들끼리 서로 손을 맞잡으면 하나의 '선'으로 보이기도 한다. 서로 손을 맞잡은 사람들이 인연을 이어 나가는 긴 여정을 삶이라 할 때, 그 인연의 중심에는 연인이 있기 마련이다. 상당수의 사람들은 연인 간에 도 '나'와 '너'를 분리하여 개별적인 존재로 생각하곤 한다. 그러나 점과 점이 만나 하나의 선으로 이어지는 것처럼, 나와 너를 비롯한 모든 인연은 서로 연결되어 있는 것이 원리이다. 그렇다면 '우리가 선처럼 눕는다'는 것은 어떤 의미일까? 너와 나라는 두 개의 점이 선으로 연결되어 한곳을 바라보듯, 하나가 된 둘이 영원한 사랑을 꿈꾸는 것을 의미하는 것이 아닐는지.

생각해 보기

- 이 노랫말에서는 사랑하는 이들의 모습을 '선처럼 누운 모습'으로 표현했다. 다른 모습으로 비유한다면 어떻게 표현할 수 있을까?
- 이 노랫말의 내용을 통해 화자가 추구하는 삶의 모습을 생각해 보자.

엮어 읽기

시 정희성, 〈한 그리움이 다른 그리움에게〉 나와 당신이 꾸는 하나의 꿈, 영원한 사랑에 대한 소망.

시 황동규, 〈즐거운 편지〉 기다림의 의지로 변치 않는 사랑을 고백한다.

영화 바즈 루어만 감독, 〈로미오와 줄리엣〉 죽음도 갈라놓을 수 없는 운명적인 사랑.

산골 소년의
사랑 이야기

노래 예민(1992)

작사 예민

풀잎새 따다가 엮었어요
예쁜 꽃송이도 넣었구요
그대 노을빛에 머리 곱게 물들면
예쁜 꽃모자 씌워 주고파

냇가에 고무신 벗어 놓고
흐르는 냇물에 발 담그고
언제쯤 그 애가 징검다리를 건널까 하며
가슴은 두근거렸죠

흐르는 냇물 위에
노을이 분홍빛 물들이고
어느새 구름 사이로
저녁달이 빛나고 있네
노을빛 냇물 위엔
예쁜 꽃모자 떠가는데
어느 작은 산골 소년의
슬픈 사랑 얘기

노랫말 읽기

이 노랫말은 황순원의 단편소설 〈소나기〉를 연상시킨다. 개울가에서 소녀가 나타나기만을 기다리던 소년의 설레고 두근거리는 마음이 예쁘게 그려졌다. 소녀에게 씌워 줄 '꽃모자'는 어느새 냇물 위로 떨어져 흘러간다. 소녀가 끝내 나타나지 않았던 것. '산골 소년의 사랑 이야기'라는 제목이 암시하듯 이 소년의 사랑은 이루어지지 못할 것이다. 노랫말에 채 쓰지 못한 슬픈 사랑 이야기는, 이미 단편소설 〈소나기〉의 이야기로 우리 마음속에 채워져 있다. 소녀의 갑작스러운 죽음으로 끝내 이루어지지 못한 슬픈 사랑 이야기. 하지만 이 노랫말은 슬픈 사랑 이야기를 감추려는 듯 아름답고 예쁜 내용을 전하고 있다.

생각해 보기

• '징검다리'에서 '그 애'를 기다리다가 결국 '꽃모자'를 '냇물'에 던져 버릴 때까지 '소년'의 마음이 어떻게 변해 갔을지 상상해 보자.

엮어 읽기

소설 황순원, 〈소나기〉 개울가에서 몰래 소녀를 기다리는 소년의 순수한 마음.

영화 곽재용 감독, 〈클래식〉 갑자기 내리는 소나기를 피해 한곳으로 달려가는 남녀.

가장 보통의 존재

노래 언니네 이발관(2008)

작사 언니네 이발관

당신을 애처로이 떠나보내고
내가 온 별에선 연락이 온 지 너무 오래되었지
아무도 찾지 않고 어떤 일도 생기지 않을 것을 바라며
살아온 내가 어느 날 속삭였지 나도 모르게
이런 이런 큰일이다 너를 마음에 둔 게

당신을 애처로이 떠나보내고
그대의 별에선 연락이 온 지 너무 오래되었지

너는 내가 흘린 만큼의 눈물
나는 네가 웃은 만큼의 웃음
무슨 서운하긴…… 다 길 따라 가기 마련이지만
그래도 먼저 손 내밀어 주길 나는 바랐지

나에게 넌 너무나 먼 길
너에게 난 스며든 빛
이곳에서 우린 연락도 없는 곳을 바라보았지

이런 이런 큰일이다 너를 마음에 둔 게

평범한 신분으로 여기 보내져
보통의 존재로 살아온 지도 이젠 오래되었지
그동안 길 따라 다니며 만난 많은 사람들
다가와 내게 손 내밀어 주었지 나를 모른 채

나에게 넌 허무한 별빛
너에게 난 잊혀진 길
이곳에서 우린 변하지 않을 것을 약속했었지

이런 이런 큰일이다 너를 마음에 둔 게
이런 이런 큰일이다 나를 너에게 준 게

나에게 넌 너무나 먼 길
너에게 난 스며든 빛
언제였나 너는 영원히 꿈속으로 떠나 버렸지

나는 보통의 존재 어디에나 흔하지
당신의 기억 속에 남겨질 수 없었지
가장 보통의 존재 별로 쓸모는 없지
나를 부르는 소리 들려오지 않았지

노랫말 읽기

이별을 통보할 때 건네는 가장 흔한 말, "우리 좋은 친구로 지내자." 친구로 지내자는 말은 무엇을 의미하는 것일까? 그다지 특별하지 않은, 마음에 둘 필요가 없는 '보통'의 관계로 지내자는 뜻이다. 사랑은 연인이라는 관계를 의미화하는 감정이자 서로를 소중한 존재 이상으로 거듭나게 하는 마법과도 같다. 그런 점에서, 사랑하는(혹은 사랑했던) 이에게 '나'라는 존재가 최상에서 보통의 존재(때로는 남보다 못한 최하의 존재)로 격하될 때만큼 허무한 순간은 없을 것이다. 그리하여 '참을 수 없는 존재의 가벼움'에 대한 공허한 자각이 '가장 보통의 존재 별로 쓸모는 없지'라는 쓸쓸한 읊조림으로 나오게 된 것이 아닐까.

생각해 보기

- 이 노랫말에서 '평범한 신분', '가장 보통의 존재'는 어떤 사람인지 '당신'의 입장에서 생각해 보자.
- 사랑하는 사람과의 관계가 변화되는 과정에서 나타나는 현상에는 어떤 것들이 있을까?

엮어 읽기

시 기형도, 〈빈집〉 실연의 아픔을 '빈집'으로 형상화.
시 이정하, 〈저만치 와 있는 이별 1〉 보통의 존재로 돌아가는 과정. 하루에 한 시간씩 그대를 덜 생각하는 것.
소설 밀란 쿤데라, 〈참을 수 없는 존재의 가벼움〉 남녀의 사랑을 통해 내 존재의 무게를 성찰하게 한다.

머리를 자르고

노래 데이라이트(2007)

작사 신민욱

어떻게 해 드릴까요 물어봐서
짧게 잘라 달라고 했죠
어렵게 기른 머리카락을
왜 자르느냐며
또 한 번 물어요
그래도 잘라 주세요 제발
길었던 추억들 모두 다
아무것도 묻지 말아 줘요
내가 날 몰라보도록
모두 잘라 주세요
어느새 내 어깨로 머리카락이 흐르고
어렵게 참아 왔던 눈물도 흐르고 말았죠
사랑이 뭐 이래요 애써서 잘라 낼 거라면
처음부터 사랑 따위는 하지 말아야 했어

그렇게 바닥에 쌓여 버린
머리카락을 쓸어 담아
더러워진 내 기억과 추억

휴지처럼 구겨진 나 함께 버리고 있어
고개 숙인 바보야 눈을 떠 거울 속을 봐
까만 눈물 흘리는 한 여자가 울고 있잖아

사랑이 다 뭐라고 아직도 울고 있는 거니
이젠 훌훌 털어 버려 다시 행복해야 해
시간이 또 흐르고 머리가 길어진다면
그땐 나 어떻게 해요 아마 다시 생각나겠죠
사랑이 뭐 이래요 애써서 잘라 내더라도
다시 자라난다는 걸 이제서야 알아요

노랫말 읽기

미용실에서 머리카락을 자르는 일상적인 행위를 통해 화자 자신이 겪은 사랑과 이별의 과정을 통찰하면서 사랑의 참된 의미를 깨닫고 있다. 머리카락을 잘라 버리듯 자신의 기억과 추억을 통째로 버리고 싶어 하지만 진정한 사랑이라는 것은 머리카락 잘라 버리듯 그렇게 쉽게 버려지지 않는다. 누군가를 진정 사랑했기에 쉽게 잊히지 않는 것이다. 마치 잘라 낸 머리카락이 다시 자라나듯, 상처 받은 마음에서 새로운 사랑이 시작될 것이다.

생각해 보기

• 이 노랫말에서 가장 인상 깊은 대목을 찾아보고, 어떤 점에서 인상적인지 말해 보자.

• 일상에서 머리를 자르는 행위는 어떤 의미로 해석되는지, 머리를 자르는 행위에 대한 다양한 심리적·사회적 의미를 생각해 보자.

엮어 읽기

시 백석, 〈여승〉 시 속 여인은 왜 머리를 깎아야 했을까?

시 서정주, 〈귀촉도〉 자신의 '머리털'을 부질없다고 여기는 시적 화자의 심정.

거꾸로 걷는다

노래 어반 자카파 (2013)

작사 조현아

돌아서기 아쉬워 거꾸로 걷는다
끝을 아는 내 발길 거꾸로 걷는다

거꾸로 걷는다 거꾸로 걷는다
돌아서기 아쉬워 거꾸로 걷는다

거꾸로 걷는다 거꾸로 걷는다
돌아서기 아쉬워 거꾸로 걷는다

눈 감아도 보이는 내 등 뒤의 길
차라리 모르는 채 거꾸로 걷는다

거꾸로 걷는다 거꾸로 걷는다
돌아서기 아쉬워 거꾸로 걷는다

거꾸로 걷는다 거꾸로 걷는다
돌아서기 아쉬워 거꾸로 걷는다

노랫말 읽기

뒤돌아서고 싶지 않은 순간이 있다. 뒤돌아서기가 아쉬운 순간이 있다. 만나기만 해도 기분 좋은 이들과 즐거운 시간을 보낸 후 각자의 시간으로 돌아갈 때가 되면 헤어짐이 아쉬워 뒷걸음을 치며 손을 흔들기도 한다. 그런데 이보다 절실히 아쉬운 뒷걸음이 있다. 사랑하는 마음이 식지 않았는데도 연인에게 이별 통보를 받은 이의 발걸음이 그것이다. 이 노랫말에서는 이별 후 아쉬움을 '거꾸로 걷는 발걸음'에 비유하고 있다. 헤어짐을 선언한 연인에게 등을 돌려 가 버리면 이대로 영영 끝날 것 같아 두렵고, 그 자리에 그대로 서 있기엔 자기 자신이 한없이 처량해 보일 테니, 그저 사랑하는 이를 조금이라도 더 눈에 담으려면 거꾸로 걸을 수밖에. 그리하여 '끝을 아는 내 발길'은 이별이 못내 아쉬워 그대를 향해 있는 것이 아닐까.

생각해 보기

• 거꾸로 걷는 화자의 처지와 심정이 어떨지 생각해 보자.
• 누군가에게 등을 보이기 싫은 때가 있다면 언제인가?

엮어 읽기

시 오르탕스 블루, 〈사막〉 외로움을 달래 주는 자신의 발자국.
고대 가요 유리왕, 〈황조가〉 꾀꼬리도 짝이 있거늘, 외로움에 발길이 떨어지지 않는다.
영화 진모영 감독, 〈님아, 그 강을 건너지 마오〉 76년째 연인이었다가 홀로 남겨진 이의 절절한 외로움과 슬픔.

3인칭의 필요성

노래 넬(2015)

작사 김종완

그리 오랜 시간이 필요하지도 않았지
가장 친한 친구를 잃었다는 걸 깨닫기까지
그 어떤 누구도 너의 그 자리를
대신할 수 없다는 그 사실을 깨닫게 되기까지

내가 미웠던 건 우리가 아니었고
너를 아프게 했던 나였다는 걸
조금만 더 일찍 알았었더라면 그랬더라면

내가 널 얼마나 사랑했었고 그리워하게 될지를
아주 조금만 더 일찍 알았다면
그랬었더라면 참 좋았을 걸

그리 오랜 시간이 필요하지도 않았지
평생을 후회 속에 살아갈 걸 깨닫기까지
어떻게든 안고 살아갈 너의 기억이
나의 마지막 사랑임을 깨닫게 되기까지

내가 미웠던 건 우리가 아니었고
너를 아프게 했던 나였다는 걸
조금만 더 일찍 알았었더라면 그랬더라면

내가 널 얼마나 사랑했었고 그리워하게 될지를
아주 조금만 더 일찍 알았다면
그랬었더라면 참 좋았을 걸
조금만 더 일찍 알았더라면

완벽하지 못했던 나를 완전하게 했던
단 한 사람 너였다는 걸
조금만 더 일찍 알았었더라면 그랬더라면

우리가 얼마나 사랑했었고 행복했었는지를
딱 한 번만 더 떠올렸더라면
그랬었더라면 참 좋았을 걸
한 번만 더 생각해 봤더라면

이제서야 우리가 보일 것 같아
혼자 남겨지고 난 뒤에야
우리의 모습이 보일 것 같아
이제서야 비로소 모든 게 선명해져

노랫말 읽기

격정적인 사랑 끝에 느닷없이 찾아온 이별. 그리고 이별의 상대를 향해 나도 모르게 차오르는 원망과 분노. 그것의 정체는 무엇일까? 헤어짐이 찾아왔을 때 '나, 너, 우리'가 아닌 3인칭이 되어 이별을 바라보자. 나도 아닌 너도 아닌 제3자의 눈으로 바라볼 때 비로소 본인의 감정이 제대로 드러나고 상대방과의 관계도 선명하게 드러나는 법. 이 노랫말 속 화자가 '3인칭'으로 바라봤더니 '너'는 소중한 사람이었고, 이별하기 전이 '행복'한 순간이었고, 이별의 원인은 다 '나'에게 있었다. 3인칭으로 바라보니 이제야 모든 게 선명해지는 경험을 하는 화자. 요컨대, 이별의 순간이 바로 3인칭이 필요한 때이다.

생각해 보기

- 화자는 3인칭이 왜 필요하다고(혹은 어떤 점에서 필요하다고) 하는 것인지 생각해 보자.
- 우리의 일상생활 중에 노랫말 속 화자처럼 3인칭의 시선으로 자신을 바라보아야 하는 경우가 있다면 언제인지 말해 보자.

엮어 읽기

시 최영미, 〈선운사에서〉 이별의 후유증은 쉽게 가시지 않는 법. 충분히 더 아파해야…….

영화 피트 트레비스 감독, 〈밴티지 포인트〉 오직 단 하나의 사실만 존재한다. 그러나 시점이 바뀌면 서로 다른 게 보인다.

봄날은 간다

노래 김윤아(2001)

작사 김윤아

눈을 감으면 문득 그리운 날의 기억
아직까지도 마음이 저려 오는 건
그건 아마 사랑도 피고 지는 꽃처럼
아름다워서 슬프기 때문일 거야 아마도

봄날은 가네
무심히도 꽃잎은 지네 바람에
머물 수 없던 아름다운 사람들

가만히 눈 감으면 잡힐 것 같은
아련히 마음 아픈 추억 같은 것들

봄은 또 오고
꽃은 피고 또 지고 피고
아름다워서 너무나 슬픈 이야기

봄날은 가네
무심히도 꽃잎은 지네 바람에

머물 수 없던 아름다운 사람들

가만히 눈 감으면 잡힐 것 같은
아련히 마음 아픈 추억 같은 것들

눈을 감으면 문득 그리운 날의 기억
아직까지도 마음이 저려 오는 건
그건 아마 사랑도 피고 지는 꽃처럼
아름다워서 슬프기 때문일 거야 아마도

노랫말 읽기

노래 〈봄날은 간다〉가 삽입됐던 동명의 영화에 나왔던 명대사, "사랑이 어떻게 변하니?" 여전히 많은 사람이 변치 않는 사랑을 꿈꾸지만, 어쩌면 이 세상에 영원한 사랑은 없을지도 모른다. 모든 것은 변하기 마련이니까. 분명한 것은 마치 하나의 공식화된 수순처럼 사랑은 이별로, 이별은 그리움으로 변해 간다는 것. 다시는 돌아갈 수도 내 곁에 머물 수도 없는 순간이기에 아련하고 가슴 저리기도 하지만, 지나간 사랑이 너무나 아름답게 기억되기에 그 순간을 내 인생의 찬란한 '봄날'로 간직할 수 있는 게 아닐까.

생각해 보기

• '사랑은 아름다워서 슬프다.'라는 역설적 표현의 의미를 생각해 보자.
• 봄날이 가는 계절의 흐름을 '사랑, 인생, 존재'의 원리와 비교하여 생각해 보자.

엮어 읽기

시 김영랑, 〈모란이 피기까지는〉 찬란한 슬픔의 봄. 어쩔 수 없는 '모란'의 운명을 예감한다.

시 박인환, 〈세월이 가면〉 세월이 흘러도 그대의 눈동자와 입술이 추억으로 아련히 떠오른다.

영화 허진호 감독, 〈봄날은 간다〉 사랑과 이별의 슬픈 잔상. 아름다운 봄날이 결국 지나가듯 사랑도 변해 간다.

바람이 분다

노래 이소라(2004)

작사 이소라

바람이 분다
서러운 마음에 텅 빈 풍경이 불어온다
머리를 자르고 돌아오는 길에
내내 글썽이던 눈물을 쏟는다
하늘이 젖는다
어두운 거리에 찬 빗방울이 떨어진다
무리를 지으며 따라오는 비는
내게서 먼 것 같아 이미 그친 것 같아

세상은 어제와 같고 시간은 흐르고 있고
나만 혼자 이렇게 달라져 있다
바람에 흩어져 버린 허무한 내 소원들은
애타게 사라져 간다

바람이 분다
시린 향기 속에 지난 시간을 되돌린다
여름 끝에 선 너의 뒷모습이
차가웠던 것 같아 다 알 것 같아

내게는 소중했던 잠 못 이루던 날들이
너에겐 지금과 다르지 않았다
사랑은 비극이어라 그대는 내가 아니다
추억은 다르게 적힌다

나의 이별은 잘 가라는 인사도 없이 치러진다
세상은 어제와 같고 시간은 흐르고 있고
나만 혼자 이렇게 달라져 있다
내게는 천금 같았던 추억이 담겨져 있던
머리 위로 바람이 분다
눈물이 흐른다

노랫말 읽기

우리는 누구나 삶의 순간순간을 사랑의 추억에 기대어 살아간다. 물론 시간의 흐름에 따라 추억은 희미해지거나 잊힐 수도 있지만, 더욱 또렷해지기도 한다. 특이한 것은 연인 간에 공유했던 추억이 각자 다르게 기억될 수 있다는 것. 같은 추억을 두고 누군가는 비극으로, 또 다른 누군가는 행복으로 인식할 수도 있다. 이 노랫말처럼 '그대는 내가 아니'기 때문이다. 지나간 사랑에 의해 인간은 웃기도 울기도 하니 그 힘은 상상 이상으로 강한 것이 아닐까.

생각해 보기

• 지나간 사랑이 아름다운 추억으로 남기 위한 끝맺음의 방식을 생각해 보자.
• 같은 추억이 다르게 기억되는 이유는 무엇일까?

엮어 읽기

시 김소월, 〈진달래꽃〉 날 더욱 사랑해 달라는 반어적 하소연, "죽어도 아니 눈물 흘리오리다."
시 도종환, 〈봉숭아〉 이별, 오랫동안 지워지지 않는 사랑의 흔적.
영화 이윤기 감독, 〈여자, 정혜〉 남과 여, 같은 하늘을 보고 있어도 다른 생각을 한다.

이별의 온도

노래 윤종신(2010)

작사 윤종신

또 하나의 계절이 가고 찬바람은 그때 그 바람
잘 살아가고 있냐고 다 잊은 거냐고
내게 묻는 거라면 내 대답은 정말로
아직 사랑한다고 아직까지 이별하고 있다고
그 하루에 끝나는 게 아니란 걸 이별이란 게
넌 어때 떠난 사람아

주머니를 찌른 두 손은 맞잡을 누가 없는 건데
추워서 그런 것처럼
그냥 무심하게 잘 사는 것처럼 날 그렇게 가려 줘

요즘 더 부쩍 추워졌어 떠나갈 때의 너처럼
잘 살아가고 있다고
다 잊은 것 같다는 너의 안부 뒤에
내 미소는 거짓말

아직 사랑한다고 아직까지 이별하고 있다고
그 하루에 끝나는 게 아니란 걸 이별이란 게

넌 어때 모진 사람아

이제 더 그립다구 너무 더디게 이별하고 있다고
계절이 바뀔 때마다 그 온도는 추억이 되어
바람은 너를 데려와

이 계절이 가면 따뜻한 바람 내 곁에 머물던 너처럼
그 바람 날 몰라보게 다 잊었으면……
돌아오지 않을 먼 길을 떠난 너

노랫말 읽기

사람의 정상 체온은 36.5도. 서로의 간극을 확인하고 헤어짐을 선택했을 때 그 온도를 수치화한다면 몇 도쯤 될까? 그 온도는 어쩌면 얼음장만큼 시린 빙점 이하의 저온일 수도 있고, 열병에 시달리거나 까무러칠 만큼의 고온일 수도 있다. 아니면 그저 무덤덤한 듯 미지근한 온도일 수도……. 이별의 온도가 사람마다 다르듯이, 정상 범주에서 벗어난 마음의 온도가 제자리를 찾아가는 시간도 다르다. 불현듯 불어오는 바람이나 변화하는 계절의 온도에도 사랑했던 순간을 떠올리며 더디게 회복하는 이도 있다. 하지만 더딜지라도 '이 또한 지나가리라.'

생각해 보기

• '사랑 – 이별 – 추억'의 온도는 각각 몇 도일지 생각해 보자.

• 이별 후 상대를 잊는 시간의 속도가 서로 다른 이유는 무엇일까?

엮어 읽기

시 알프레도 디 수자, 〈사랑하라, 한 번도 상처받지 않은 것처럼〉 다시 사랑하게 된다면 이렇게 하라. 한 번도 상처받지 않은 것처럼.

시 나희덕, 〈천장호에서〉 얼음장같이 차가운 실연의 마음.

방송 EBS 〈지식채널 e〉 '이별에 대처하는 뇌의 자세' 편 이별 극복을 위한 뇌의 자세. 사랑했을 때와 동일한 뇌 호르몬을 분비한다.

chapter 2

우리 사회, 우리 생각,
우리 문화를 느끼다

— 사회, 오늘, 문화

백 세 인생

노래 이애란(2015)

작사 김종완

육십 세에 저세상에서 날 데리러 오거든
아직은 젊어서 못 간다고 전해라
칠십 세에 저세상에서 날 데리러 오거든
할 일이 아직 남아 못 간다고 전해라
팔십 세에 저세상에서 날 데리러 오거든
아직은 쓸 만해서 못 간다고 전해라
구십 세에 저세상에서 날 데리러 오거든
알아서 갈 테니 재촉 말라 전해라
백 세에 저세상에서 날 데리러 오거든
좋은 날 좋은 시에 간다고 전해라
아리랑 아리랑 아라리오
아리랑 고개로 또 넘어간다

팔십 세에 저세상에서 또 데리러 오거든
자존심 상해서 못 간다고 전해라
구십 세에 저세상에서 또 데리러 오거든
알아서 갈 텐데 또 왔냐고 전해라
백 세에 저세상에서 또 데리러 오거든

극락왕생할 날을 찾고 있다 전해라
백오십에 저세상에서 또 데리러 오거든
나는 이미 극락세계 와 있다고 전해라
아리랑 아리랑 아라리오
우리 모두 건강하게 살아가요

고령화 사회를 반영하듯 대중에게 큰 인기를 얻었던 이 노래는 예부터 사람들이 꿈꾸었던 '백 세 인생'에 대한 열망을 해학적으로 풀어내고 있다. 누군가에게 '~라고 전해라'는 말을 반복하고 있는데, 청자가 확실치 않다는 점에서(최종 청자는 저승사자이겠지만 이 말을 저승사자에게 전해 줄 사람이 불분명하다.), 이것은 사실상 화자가 쉽사리 '저세상'으로 가지 않겠노라는 강한 의지의 표현이라고 할 수 있다. 나약한 인간에게 '늙음'이라는 자연 현상은 피할 수 없는 것이지만, '늙음'은 곧 '죽음'과 이어지기 때문에 본능적으로 거부하고 싶은 욕구도 강한 것이다.

생각해 보기

- 현대 사회에서 '늙음'을 거부하는 대중의 행동이 어떤 유형으로 나타나고 있는지 생각해 보자.
- 화자는 왜 '백오십 세'에 '극락세계'에 와 있다고 느끼는 것일까?

엮어 읽기

시 양성우, 〈청산이 소리쳐 부르거든〉 누군가에게 말을 건네는 형식. 직접 호소하지 않아도 화자의 강한 의지가 느껴진다.

고시조 우탁, 〈탄로가〉 늙음에 대한 한탄과 극복의 의지.

영화 플렉스 할그렌 감독, 〈창문 넘어 도망친 100세 노인〉 100세 생일을 맞은 노인, 그의 인생은 평생 유쾌하였다.

네모의 꿈

노래 화이트(1996)

작사 유영석

네모난 침대에서 일어나 눈을 떠 보면
네모난 창문으로 보이는 똑같은 풍경
네모난 문을 열고 네모난 테이블에 앉아
네모난 조간신문 본 뒤
네모난 책가방에 네모난 책들을 넣고
네모난 버스를 타고 네모난 건물 지나
네모난 학교에 들어서면 또 네모난 교실
네모난 칠판과 책상들

네모난 오디오 네모난 컴퓨터 TV
네모난 달력에 그려진 똑같은 하루를
의식도 못한 채로 그냥 숨만 쉬고 있는 걸

주위를 둘러보면 모두 네모난 것들뿐인데
우린 언제나 듣지 잘난 어른의 멋진 이 말
세상은 둥글게 살아야 해

지구본을 보면 우리 사는 지군 둥근데

부속품들은 왜 다 온통 네모난 건지 몰라
어쩌면 그건 네모의 꿈일지 몰라

네모난 아버지의 지갑엔 네모난 지폐
네모난 팜플렛에 그려진 네모난 학원
네모난 마루에 걸려 있는 네모난 액자와
네모난 명함의 이름들
네모난 스피커 위에 놓인 네모난 테잎
네모난 책장에 꽂혀 있는 네모난 사전
네모난 서랍 속에 쌓여 있는 네모난 편지
이젠 네모 같은 추억들

네모난 태극기 하늘 높이 펄럭이고
네모난 잡지에 그려진 이달의 운수는
희망 없는 나에게 그나마의 기쁨인가 봐

주위를 둘러보면 모두 네모난 것들뿐인데
우린 언제나 듣지 잘난 어른의 멋진 이 말
세상은 둥글게 살아야 해

지구본을 보면 우리 사는 지군 둥근데
부속품들은 왜 다 온통 네모난 건지 몰라
어쩌면 그건 네모의 꿈일지 몰라

노랫말 읽기

이 노랫말을 읽고 있노라면 새삼 이 세상이 온통 '네모'로 가득 차 있다는 것을 깨닫게 된다. 네모난 빌딩, TV, 컴퓨터, 휴대전화, 책. 그리고 각진 사람들의 마음까지. 이제는 곡선의 초가집도, 사람들의 둥글고 말랑한 마음도 찾아보기가 힘들다. 그만큼 세상이 삭막해지고 우리의 삶이 비정해진 것은 아닐까. 아이러니하게도 네모 세상을 만든 어른들은 말한다. 세상은 둥글게 살아야 한다고. 동화적인 노랫말 속에 섞여 있는 묘한 풍자가 앞으로 우리가 지녀야 할 마음 자세와 생활 태도를 곰곰이 생각하게 만든다. 둥글디 둥근 마음으로 세상을 이해하고 따뜻하게 사람들을 받아들이는 것이 절실한 요즘이다.

생각해 보기

• 현재 대한민국에서 사람들이 가장 관심을 가지는 네모는 무엇일까?
• '네모난 삶'과 '둥근 삶'이 의미하는 것이 무엇일지 생각해 보자.

엮어 읽기

시 이태수, 〈둥근 마음을 꿈꿉니다〉 문명화된 이 세상, 둥근 마음으로
　살아갈 수 있기를…….
시 김광규, 〈도다리를 먹으며〉 두 눈이 오른쪽으로 몰려 있는 도다리를
　통해 이분법적 사고의 획일성을 비판한다.
소설 윤흥길, 〈수갑 또는 날개〉 자유와 개성을 억압하는 '제복' 입기를
　통해 군사 문화의 획일성을 풍자한다.

숭례문

노래 바이브(2010)

작사 류재현

왜 그때는 몰랐었을까
왜 우리는 몰랐었을까
왜 그토록 아름다웠던
소중한 걸 잃은 후에야 깨달아야 했을까

대한의 살아 숨 쉬는 내 안에 살아 숨 쉬는
그 흔적을 우린 모두 태웠다
찬란하게 빛나던 너를 지키지 못한
내 작은 눈물
이곳에 바치리라

왜 그때는 몰랐었을까
왜 우리는 몰랐었을까
왜 그토록 아름다웠던
소중한 걸 잃은 후에야 깨달아야 했을까

대한의 살아 숨 쉬는 내 안에 살아 숨 쉬는
그 흔적을 우린 모두 태웠다

찬란하게 빛나던 너를 지키지 못한
너는 내 가슴에 영원토록
기억되리라

대한의 살아 숨 쉬는 내 안에 살아 숨 쉬는
그 흔적을 우린 모두 태웠다
찬란하게 빛나던 너를 지키지 못한
내 작은 눈물
너에게 바치리라

노랫말 읽기

2008년 2월 10일 저녁, 숭례문이 불타기 시작했다. 텔레비전으로 숭례문이 불타는 모습을 지켜보던 모든 국민이 마치 제 몸에 불이 붙기라도 한 듯 고통스러워했다. 불길을 잡으려는 소방 당국의 노력에도 불구하고 숭례문은 모두 타 버리고 남은 흔적들마저도 힘없이 허물어졌다. 서울 한복판에 자리 잡은 숭례문은 수백 년 동안 그 자리를 지키고 있었음에도 불구하고, 사람들의 의식 속에 없었다. 방치되었었다. 아이러니하게도 그날의 화재는 숭례문의 존재를 온 국민에게 선명하게 인식시켰다. 5년이 넘는 복구 기간을 통해 2013년 5월 4일 숭례문은 다시 옛 모습을 되찾았다. 이제 우리가 할 일은 무엇일까?

생각해 보기

• 화자가 '숭례문'에 대해 느끼는 감정은 구체적으로 어떤 것인가?
• '숭례문'은 (다른 문화재와 비교하여 볼 때) 대한민국 국민에게 어떤 의미가 있는 문화재인지 생각해 보자.

엮어 읽기

시 박목월, 〈불국사〉 고풍스러운 문화재를 대하는 경건한 화자의 마음과 자세.
고전 수필 유씨 부인, 〈조침문〉 마치 살아 있었던 사람인 양, 바늘의 죽음에 가슴 아파한다.

못생겨도 괜찮아

노래 뉴올(2011)

작사 산이

엄마 난 세상에서 거울이 제일 싫어

더 이상 못난이란 별명 이젠 지겨워

눈은 쭉 찢어지고 삐뚤어진 코

얼굴은 또 얼마나 크고 피부는 어떻고

거기다 또 엄마 닮아 키가 얼마더라

160도 안 돼 친구는 수술 한대더라

우리 집은 근데 좀 가난해

공부도 잘하진 못해 그냥 적당한 애

엄마 좀 그만해 그 소리, 겉보단 속

짜증나 지겨워 지금껏 내 말 헛들었어?

요즘 사회는 얼굴 못생기면 못생겼다 비난하는

세상은 외모주의 특히 이 나라는

그래서 알아봤어 나 강남 이 병원에 갈래

탤런트 가수 애들도 진짜 많이 갔대

그러니 고쳐 줘 나도 쌍꺼풀 그어 줘

제발 다른 애들처럼 똑같이 만들어 줘

못생겨도 괜찮아 울지 마 비웃지 마

못생겨도 괜찮아 울지 마 널 죽이지 마
못생겨도 괜찮아 죽지 마 못생겨도 괜찮아 죽지 않아
못생겨도 괜찮아 울지 마 못생겨도 괜찮으니까 웃어 봐

나이랑 학교, 삼십 제법 명문대
직장, 유명해 이름 대면 아는 데
돈, 보통 남자보단 괜찮게 버네
그런 잘난 그녀를 여기에 오게 한 콤플렉스
얼굴 중요치 않다 생각했어
매력이 우선이라며 오히려 애써
이뻐진 친구들 앞에서 당당했어
허나 뒤에선 스트레스성에 자꾸 먹게 돼 계속
능력과 학력 자존심에 살고
한 달에 한 번 월급이란 진통제 맞고
남자들은 멍청해 죄다 고친 건데
못생긴 건 용서해 허나 안 고치면 죄
이젠 다 괜찮아 난 잠을 잘 거야
눈을 뜨면 난 거울 속에서 이뻐질 거야
난 나중에 딸 낳으면 제일 이쁘다고 안 해
생각하며 눈을 감네 눈물과 함께

못생겨도 괜찮아 울지 마 비웃지 마

못생겨도 괜찮아 울지 마 널 죽이지 마
못생겨도 괜찮아 죽지 마 못생겨도 괜찮아 죽지 않아
못생겨도 괜찮아 울지 마 못생겨도 괜찮으니까 웃어 봐

노랫말 읽기

이 노랫말에는 외모 지상주의가 만연한 사회를 힘겹게 살아가는 두 명의 화자가 등장한다. 독자는 이 두 화자의 목소리를 통해 우리 사회를 비판적으로 인식하게 된다. 감수성이 예민한 10대의 여학생, 직장에서 자리를 잡고 열심히 일하는 30대의 커리어 우먼. 10대의 사춘기 여학생에게 '겉모습보다는 내면을 가꾸라'는 엄마의 말은 지겨운 잔소리일 뿐이다. 친구들도 하고 연예인도 하는 성형 수술을 해 달라고 엄마에게 조르는 사춘기 소녀의 행동은 30대의 어른이 된다고 해서 달라지지 않는다. 사회생활에서도 '외모'가 중요한 경쟁력이라는 것을 실감하는 순간, 성형을 해야겠다는 생각은 더욱 확고해진다.

생각해 보기

- 현대 사회에서 '외모 지상주의'가 더욱 심화되고 있는 원인을 생각해 보자.
- 후렴구의 '못생겨도 괜찮아'라는 노랫말이 우리 모두에게 실질적인 위로가 되기 위해서 우리 사회가 어떻게 변해야 할지 생각해 보자.

엮어 읽기

시 신동집, 〈오렌지〉 사물의 본질을 꿰뚫어 보려는 노력.
고전 소설 박지원, 〈광문자전〉 사람은 겉으로 보이는 게 다가 아니다.
영화 김용화 감독, 〈미녀는 괴로워〉 가수에게도 노래 실력보다는 외모가 경쟁력인 사회. 외모 지상주의의 신랄한 단면.

MAMA

노래 EXO-K(2012)

작사 유영진

Careless careless Shoot anonymous anonymous
Heartless mindless No one who care about me

잃어버린 채 외면하는 것 같아 참을 수밖에 없어
눈을 감지만

마마 이젠 내게 대답해 줘 왜 사람들이 달라졌는지
아름다운 시절이라는 게 존재하긴 했는지
이제 더는 사랑하는 법도 잊었고 배려하는 맘도 잃었고
등을 돌린 채로 살아가기 바쁜 걸

익명의 가면에 감췄던 살의 가득한 질시
끝을 봐도 배고픈 듯한
이젠 만족해?

우린 더 이상 눈을 마주하지 않을까
소통하지 않을까 사랑하지 않을까
아픈 현실에 다시 눈물이 흘러

바꿀 수 있다고 바꾸면 된다고 말해요 마마 마마

언젠가부터 우린 스마트한 감옥에 자발적으로 갇혀
0과 1로 만든 디지털에 내 인격을 맡겨
거긴 생명도 감정도 따뜻함도 없고
언어 쓰레기만 나뒹구는 삭막한 벌판
날이 갈수록 외로움만 더해져
우리가 인간일 수밖에 없는 건 상처 받는 것

만나고 손을 잡고 느끼며 함께 울고 웃고
닮아 가고 서로 연결돼
돌이키고 싶다면

우린 더 이상 눈을 마주하지 않을까
소통하지 않을까 사랑하지 않을까
아픈 현실에 다시 눈물이 흘러
바꿀 수 있다고 바꾸면 된다고 말해요 마마 마마

Turn back

죽고 죽이고 싸우고 외치고 이건 전쟁이 아니야
도와줘요 마마마마 마마마마 Turn back

깨닫게 마마마마 마마마마 Rolling back
박고 치고 편을 나누고 싸우고 이건 게임도 아니야
도와줘요 마마마마 마마마마 Turn back

Careless careless Shoot anonymous anonymous
Heartless mindless No one who care about me

삶에 허락된 축복받은 날들에 감사하고
매일 새로운 인연들을 만들고
깨져 버린 마음에 보다 기쁜 사랑을
모두 함께 웃을 수 있다면

우린 더 이상 눈을 마주하지 않을까
소통하지 않을까 사랑하지 않을까
아픈 현실에 다시 눈물이 흘러
바꿀 수 있다고 바꾸면 된다고 말해요 마마 마마

Careless careless Shoot anonymous anonymous
Heartless mindless No one who care about me

노랫말 읽기

스마트폰, SNS 등이 없다면 우리의 생활은 어떠할까? 현대는 이른바 디지털 시대. 디지털은 인류에게 많은 혜택을 선사했다. 디지털 기술은 분명 매력적이며 필수불가결하다. 그럼에도 불구하고 디지털 환경에 대한 회의감과 아날로그 시대에 대한 그리움이 한층 짙어지고 있는 이유는 무엇일까? 기술에 기대어 살아가는 현대인들은 정작 인간만이 가질 수 있는 '인정'을 잃어버리고 비정함과 무심함을 키워 간다. 디지털 세상 속에 갇혀 정말 소중한 이들과는 진정한 소통을 하지 못한 채 외로움과 고립감에 떨고 있다. 이러다 인간미마저도 디지털화되어 기계가 대체해 버리는 건 아닐는지.

생각해 보기

• 인터넷 공간에서의 익명성이 가지는 장단점을 생각해 보자.
• 사람들 간의 진정한 소통이 이루어지기 위해서 생활 속에서 노력해야 할 것들은 무엇일지 생각해 보자.

엮어 읽기

소설 장강명, 〈댓글부대〉 인터넷 세상의 악의적 댓글, 사람과 조직을 무너뜨리다.
소설 김영하, 〈나는 나를 파괴할 권리가 있다〉 의사소통이 단절된 현대인의 자기 파괴적 모습.

134-14

노래 GOD(2001)

작사 GOD

뒤를 봐 뒤를 봐 아랠 봐 아랠 봐
저기 아무도 보이지 않는 어두운 그늘 속을 봐
사람이 있다 영혼이 있다
우리와 다를 게 없는 사람들이 버려져 있다
사람이 있다 영혼이 있다
우리와 다를 게 없는 사람들이 버려져 있다

경기도 가평 하판리 134-14
버려진 영혼들이 함께 모여 사는 막사
돈 때문에 버려진 명예 때문에 버려진
편하게 살고 싶어 귀찮아서 버려진
버려진 영혼들이 사는 곳
어두운 그늘에서 피는 꽃처럼
슬프고 외롭고 봐 주는 사람도 없고
쓸쓸한 어둠만이 있는 곳

뭔가 잘못돼도 너무나 잘못됐어
다 이해 안 가는 사회 만드는

너희들의 외면 속에 생겨나는 우리나라의 피
그 피 보고 있는 너희들은 회피
도무지 무슨 생각?
돈 가지고 살아 돈밖에 없어 돈 돈
머리까지 돈 불쌍한 사람들아 돈에 죽고 돈에 살아
죽을 때 무엇이 필요한가 그게 뭔지 생각해라

뒤를 봐 뒤를 봐 아랠 봐 아랠 봐
저기 아무도 보이지 않는 어두운 그늘 속을 봐
사람이 있다 영혼이 있다
우리와 다를 게 없는 사람들이 버려져 있다
사람이 있다 영혼이 있다
우리와 다를 게 없는 사람들이 버려져 있다

여긴 어디인가 사람 사는 세상 맞나
도대체가 눈길 한 번 주질 않아
여기저기 둘러봐도
거기가 거기인지 여기가 저기인지
어쩜 이리 모두가 똑같은지
외면하고 돌아서고 버려진 이들에게도
웃음이 있고 눈물이 있고 꿈 있는 사람들이고
도무지 이해가 안 가 그렇게 힘이 드나

더럽고 어두운 이곳이 진정 같은 세상 맞나
보고 싶지 않아 두 눈을 가리고 고개를 돌리고
우린 다 이미 알고 있는데 왜 계속 모른 체하는지

노랫말 읽기

화자는 그저 '앞'만 보고 달려가는 현대인에게 '뒤'와 '아래'를 좀 보라고 말하고 있다. 그곳에는 어두운 그늘 속의 꽃처럼 '버려진 영혼'들이 있다. 그들이 버려진 이유는 모두 '돈' 때문이다. 돈 때문에 아이를 버리는 이 사회를 화자는 도저히 이해할 수 없다고 한다. 이 세상에는 돈보다 중요한 것이 얼마든지 있다고 생각하기 때문이다. '134-14'번지에 자리한 보육원. 그곳에서 살고 있는 모든 아이는 우리와 똑같이 행복하게 살아갈 권리가 있다는 것이다.

생각해 보기

• 이 노랫말에서 비판하고 있는 현대인의 태도는 무엇인가? 그리고 화자는 현대인에게 어떤 행동을 촉구하고 있는지 생각해 보자.
• 노랫말 속의 '죽을 때 무엇이 필요한가?'라는 질문에 대해 자신이 생각하는 답을 말해 보자.

엮어 읽기

시 백석, 〈팔원-서행시초 3〉 묘향산행 버스에서 우연히 마주친 계집아이에게서 느껴지는 고된 삶의 흔적.
소설 이범선, 〈오발탄〉 가난과 불행이 지배하는 일상, 비정한 현실과 맞닥뜨린 사람들.

1996, 그들이
지구를 지배했을 때

노래 서태지와 아이들(1995)

작사 서태지

1996 아직도 수많은 넋이 나가 있고
모두가 돈을 만들기 위해서
미친 듯이 뛰어다니는 걸 나는 볼 수가 있었지
넌 항상 그 머릿속 구석엔 그대를 떠올리면서
복종을 다짐해
지금 우리는 누굴 위해 사는가
그에게 팔과 다리와 심장을 잡힌 채

넌 많은 걸 잃어 가게 됐네
우리의 일생을 과연 누구에게 바치는가
정복당해 버린 지구에서 쓰러져 가 버리는 우리의 마음
정복당해 버린 지구에서 쓰러져 가 버리는 우리의 마음

돈의 노예 이미 너에겐 남은 자존심은 없었었어
그들이 네게 시키는 대로 움직여야 해

언제나 항상 우리가 볼 수 있던
그 모든 것들은 우리들에게 가려져 네 눈을 멀게 했어

그들이 지배하는 세상
그는 모든 범죄와 살인을 만들었어
그리고 지금 이 순간에도 사람을 죽이고 있어
전쟁 마약 살인 테러 그 모든 것을 기획했어

넌 많은 걸 잃어 가게 됐네
우리의 일생을 과연 누구에게 바치는가
정복당해 버린 지구에서 쓰러져 가 버리는 우리의 마음
정복당해 버린 지구에서 쓰러져 가 버리는 우리의 마음
정복당해 버린 지구에서 쓰러져 가 버리는 우리의 마음
정복당해 버린 지구에서 쓰러져 가 버리는 우리의 마음

돈의 노예 이미 너에겐 남은 자존심은 없었었어
그들이 네게 시키는 대로 끌려다녀야 하는데

여기저기서 찔러 넣는 까맣게 썩어 버린 돈들
돈으로 명예를 사고 친구를 샀던 썩어 버린 인간들

넌 많은 걸 잃어 가게 됐네
우리의 일생을 과연 누구에게 바치는가
정복당해 버린
쓰러져 가 버리는

정복당해 버린
쓰러져 가 버리는
정복당해 버린 지구에서 쓰러져 가 버리는 우리의 마음
정복당해 버린 지구에서 쓰러져 가 버리는 우리의 마음

돈의 노예 이미 너에겐 남은 자존심은 없었었어
그들이 네게 시키는 대로 움직여야 해

노랫말 읽기

인간이 존재하기 훨씬 이전인 쥐라기에는 공룡이 지구를 지배했다. 화자는 20세기 말에는 '돈'이 지구를 지배하고 있다고 한다. 쥐라기 공룡은 지구상에 존재하는 최상위 포식자였다. 20세기 이후 '돈'은 인간을 실질적으로 지배할 정도로 이 세상에서 '최상위 포식자'로서의 위상을 자랑하고 있다. 이른바 '물질 만능주의'다. '돈이면 다 된다'는 식의 사고방식이 팽배한 이 시대에는 결국 모든 범죄의 근원이 바로 '돈'이 될 수밖에 없다. 돈이 인간을 조종하는 사회, 돈에 정복당해 쓰러져 가는 사회, 돈을 위해 사는 사회. 그들은 지구를 언제까지 지배할까?

생각해 보기

- 우리가 돈의 노예가 아닌 '주인'이 되기 위해서 어떤 태도로 살아야 할지 생각해 보자.
- '돈'으로 할 수 있는 긍정적이고 바람직한 일에는 어떤 것이 있는지 생각해 보자.

엮어 읽기

시 오규원, 〈프란츠 카프카〉 정신적 가치마저 값싼 상품으로 전락시킨 물질 만능주의 비판.

고전 소설 임춘, 〈공방전〉 의인화된 돈(엽전)을 통해 재물에 대한 탐욕과 부귀영화의 허망함을 이야기한다.

드라마 SBS 〈쩐의 전쟁〉 오로지 돈을 향한 삶. 돈의 노예가 된 삶.

사람이었네

노래 루시드 폴(2007)

작사 루시드 폴

어느 문 닫은 상점 길게 늘어진 카펫
갑자기 내게 말을 거네
난 중동의 소녀
방 안에 갇힌 14살 하루 1달러를 버는

난 푸른빛 커피
향을 자세히 맡으니 익숙한 땀 흙의 냄새
난 아프리카의 신
열매의 주인 땅의 주인

문득 어제 산 외투 내 가슴팍에 기대
눈물 흘리며 하소연하네
내 말 좀 들어 달라고
난 사람이었네
공장 속에서 이 옷이 되어 팔려 왔지만
난 사람이었네
어느 날 문득 이 옷이 되어 팔려 왔지만

자본이란 이름에 세계라는 이름에
정의라는 이름에 개발이란 이름에
세련된 너의 폭력 세련된 너의 착취
세련된 너의 전쟁 세련된 너의 파괴

붉게 화려한 루비
벌거벗은 청년이 되어
돌처럼 굳은 손을 내밀며
내 빈 가슴 좀 보라고
난 심장이었네
탄광 속에서 반지가 되어 팔려 왔지만
난 심장이었네
어느 날 문득 반지가 되어 팔려 왔지만

자본이란 이름에 세계라는 이름에
정의라는 이름에 개발이란 이름에
세련된 너의 폭력 세련된 너의 착취
세련된 너의 전쟁 세련된 너의 파괴

난 사람이었네
사람이었네… 사람이었네… 사람이었네…

노랫말 읽기

자본주의 사회에서는 '자본'이 '사람'을 부린다. 현대인의 대부분은 자본을 가진 누군가에게 귀속이 되어 자신의 노동력을 내어주고 돈을 받는다. 우리는 이것을 열심히 노동을 해서 번 돈이라는 의미로 '근로 소득'이라고 한다. 그런데 자본을 가진 그 '누군가'는 노동을 전혀 하지 않고도 막대한 이윤을 가져간다. 열심히 노동을 한 사람들에게 공평한 근로 소득으로 분배되어야 할 이윤이 '누군가'의 배를 불리게 되는 것. 이것이 바로 화자가 고발하는 자본주의의 모순이다. 이 노랫말에는 자본주의의 모순으로 인해 자신의 노동을 '착취'당하는 사람들이 등장한다. 이들을 사람답게 살게 하는 방법은 무엇일까?

생각해 보기

- '폭력, 착취, 전쟁, 파괴'가 '세련'되었다고 표현한 것은 어떤 의미인지 생각해 보자.
- 노랫말 속에서 '나는 사람이었네'라고 호소하는 대상은 누구일까? 소비자로서 그들을 위해 할 수 있는 일은 무엇인지 생각해 보자.

엮어 읽기

시 박노해, 〈사람만이 희망이다〉 '사람'이라는 존재의 소중한 가치.

소설 양호문, 〈꼴찌들이 떴다〉 강원도 두메산골의 노동 현장에 내몰린 아이들.

방송 EBS 〈지식채널 e〉 '커피 한 잔의 이야기' & '축구공 경제학' 편 우리가 흔히 즐기는 기호품, 사치품, 생필품이 모두 누군가의 노동력을 가혹하게 착취한 결과물이라니!

사람들을
착하게 만들어 놓았더니

노래 UMC/UW(2010)

작사 유승균

심각할 게 뭐 있나
내 알 바 아님 내 알 바 아님
내 알 바 아님 내 알 바 아님

사람들을 착하게 만들어 놨더니
내 알 바 아님
사람들을 착하게 만들어 놨더니
내 알 바 아님
사람들을 착하게 만들어 놨더니
내 알 바 아님
사람들을 착하게 만들어 놨더니

사람들을 착하게 만들어 놨더니
잡지에서는 예쁜 것만
신문에서는 거짓말만
텔레비전은 웃긴 것만
학교에서는 영어 수업만

아픈 과거를 들춰냈던 역사 수업을 쌩깠더니
중딩은 원어민 강사와 어울려 놀며 행복했고
고딩은 연예인들의 가짜 결혼에 행복했고
남자애들은 무기를 팔던 일본 회사의 차를 샀고
여자애들은 청소 아줌마 월급 열 배의 가방을 샀다

아이들은 삼일운동을 삼쩜일로 착각해도
성적에 아무런 영향을 받지 않으니 행복했고
어른들은 신문을 보면 자전거를 주니 행복했고
언론사는 판매 부수가 줄지 않으니 행복했다

선거가 다가오니까 겁을 줘 대기 시작했고
난독증의 유권자들은 겁을 처먹기 시작했다
선거가 끝나니까 겁을 안 주기 시작했고
행복한 축구 얘기에 모두가 다시 행복했다

세금 몇만 원 깎아 주고
3S나 보여 주고
누가 몇천 억을 어떻게 해먹든
누가 몇 사람을 어떻게 죽이든
난 살아 있으니까 상관없으니까
계속 착했다 계속 착했다

계속 착했다 계속 착했다
사람들을 착하게 만들어 놨더니
내 알 바 아님
사람들을 착하게 만들어 놨더니
내 알 바 아님
사람들을 착하게 만들어 놨더니
내 알 바 아님
사람들을 착하게 만들어 놨더니
계속 착했다 별 생각 없었다

옆 동네 반도체 공장에서 일하던 민경이가
백혈병 환자가 되어서 죽어도 아무도 몰랐다
같은 공장 같은 보직의 선영이 지영이도
같은 병으로 차례로 죽어도 아무도 몰랐다

옆집 베트남 출신 새댁이 한국 남편에게 맞다 지쳐
죽어 갈 때에도 아무도 몰랐다
집값 떨어지니까 비밀에 붙여 두고자 했던
반상회 회의 내용에 따라서
모르는 척을 해 주었다
강제로 퇴거당한 1층 슈퍼의 김씨가
투신자살을 했지만 집주인이 알 바는 아니다

집값 떨어지니까 비밀에 부쳐 두는 게 어떨까
반상회 회의할 때 말하니 모두가 수긍을 했다
그 무엇도 우리의 행복을 막을 수 없을 것 같았는데
갑자기 아들내미가 군대에 갔다 자살을 했다
난 화가 났는데 아무도 화를 안 내 줬다
신문에 안 나오니까 결국 아무도 몰랐거든

세금 몇만 원 깎아 주고
3S나 보여 주고
총수가 몇천 억을 어떻게 해먹든
왕이 몇 사람을 어떻게 죽이든
난 살아 있으니까 상관없으니까
계속 착했다 계속 착했다
계속 착했다 계속 착했다

사람들을 착하게 만들어 놨더니
내 알 바 아님
사람들을 착하게 만들어 놨더니
내 알 바 아님
사람들을 착하게 만들어 놨더니
내 알 바 아님
사람들을 착하게 만들어 놨더니

난 상관 없뜸
사람들을 착하게 만들어 놨더니
나 개 모름
사람들을 착하게 만들어 놨더니
씨발 내가 죽였뜸
사람들을 착하게 만들어 놨더니
님 오지랖 쩔어
사람들을 착하게 만들어 놨더니
꺼지셈

우결 봐야지
머 우리 누나가 내부 고발을 했다가
비정규직이 됐다가 쫓겨났다구
괜찮음 원래 용돈도 잘 안 줌
저거 저거 바바바바바
저년 저거 허리 잘 돌리게 생겼다 빙빙
누구한테 대주고 저렇게 떴냐
쟤도 자살하는 거 아님?
괜찮음 다른 이쁜 애 많음
나랑 먼 상관임

노랫말 읽기

'성선설'에 의하면 인간은 '착하게' 태어났다. 신(神)의 입장에서 표현해 보자면, 신은 사람들을 착하게 만들어 놓았다. 그런데 현실에서 인간은 세상의 불의에 침묵하고, 불의를 방관하는 존재로 전락했다. 이노랫말은 현실에 존재하는 불의의 현장을 시시콜콜하게 제시하면서 '내 알 바 아니'라고 수수방관하는 '착하지' 않은 인간들을 함께 보여주고 있다. 우리가 방관한 불의가 의외로 많다는 사실 때문에 스스로 얼굴을 붉히게 되는 노랫말이다.

생각해 보기

• 이 노랫말에 등장한 현실에 존재하는 옳지 못한 일 중에 대중매체(매스미디어)와 관련된 것만 추려 보자.
• '사마리아인 법'이 무엇인지 알아보고, 그 법이 과연 우리나라에 필요한지를 이 노랫말의 주제와 관련하여 생각해 보자.

엮어 읽기

시 오종환, 〈당나귀 길들이기 - TV론〉 국가의 정권이 국민의 저항과 비판 의식을 무마하고, 국민의 관심을 다른 곳으로 돌리기 위해 미디어를 이용하여 국민을 길들인다.
소설 김성한, 〈오분간〉 신(神)의 시선에서 혼돈에 빠진 인간 세계를 목격한다.

착한 늑대와
나쁜 돼지 새끼
세 마리

노래 거리의 시인들(1999)

작사 박기영

그러니까 지금부터 내가 들려주고자 하는 얘기는
착한 늑대와 나쁜 세 마리 돼지 새끼들 이야기
대부분의 사람들은 잘못 알고 있지
하지만 늑대 입장도 한 번쯤 들어 봐야겠지

옛날에 착한 늑대가 한 마리 살고 있었어
배고프고 가난했지만 성실하게 살았어
어느 날 세 마리의 돼지 형제 늑대를 찾아왔어
"우리 집을 지어 주면 식량 주지"
그날부터 착한 늑대는 열심히 집을 지었어
욕심 많고 돈 많은 돼지 삼형제를 위해서
서로 다른 돼지들의 취향을 맞추기 위해서
볏단, 나무, 그리고 벽돌로 집을 지었어
삼 개월이 지났어 공사가 다 끝났어
착한 늑대는 돼지들에게 집을 나눠 주었어
식량을 달라고 했어 돼지 문 잠궜어 나오지 않았어
집은 튼튼했어!

이제 나는 더 이상은 못 참겠어
괴롭힘 당하면서 더 이상은 못 살겠어
세상엔 왜 이렇게 나쁜 놈들 많은 건지
이렇게 살아가느니 차라리 싸워 보겠어
왜 나를 가만두지 않는 건지
어째서 너희들의 개가 되길 원하는지
나는 하고 싶은 말 하면서 살고 싶어
너희들 무리 속에 들어가서 살 수는 없어

착한 늑대는 주저앉아 곰곰이 생각했다
무슨 이유로 돼지들은 나를 속였을까
왜 내가 일한 대가를 받을 수 없는 걸까
내가 너무 만만해 보여 그랬던 것이었을까
누가 나를 이용하려고 머릴 굴리고 있을까
누가 나를 진정으로 위해 주고 있을까
나는 미래를 어떤 식으로 살아가게 될까
돈, 명예, 사랑, 모두 가질 수 있게 될까
학교에서 공부 못하면 사회에 나가도 낙오자가 될까
나의 꿈을 따라가면 과연 성공할까
가족들, 친구들, 세상이 나를 비웃지는 않을까
누가 나를 괴롭힐 땐 얼마나 참아야 될까
지금 이 순간 나는 무슨 생각을 할까

내가 너무 불만이 많다고 생각하는 걸까
하지만 너도 결국 알고 있지 않나
마음속은 나와 다를 게 없지 않나

야! 돼지야!
왜?
내 말 좀 들어 봐!
난 들을 것 없어!
약속을 지켜야 될 것 아니야?
나 약속한 적 없어!
너 양심도 없냐? 그렇게 살고 싶냐?
너 이 바닥에서 살고 싶지 않냐?
강한 자 앞에서는 한없이 약하고
약한 자 앞에서는 한없이 강하고
비겁한 모습 난 보고 또 보고
더 이상은 내 정의감이 용서할 수 없고

시끄러! 이 늑대 녀석 왜 이렇게 말이 많냐? (뭐?)
자꾸 집 앞에서 시끄럽게 굴면 신고한다! (해!)
난 돈이 많아, 까불 생각 말아!
난 유리하게 말을 바꿔 책도 만들 거야!

PS_ 돼지가 만든 책은 많이 팔려 나갔고, 나는 나쁜 늑대가 되었다

노랫말 읽기

우리가 아는 동화의 캐릭터를 완전히 전복시켜 새로운 이야기를 만들었다. 그래서 우리가 알고 있는 상식과 달리 이 노랫말에서 늑대는 착하고 돼지는 악당이 되어 있다. 열심히 일하고도 합당한 대가를 받지못하는 것이 어디 노랫말 속 늑대뿐이랴. 강자의 논리 속에서 약자로참고 살아갈 수밖에 없는 사람들. 약자의 정의로운 분노마저 강자의기만 앞에 무력화되는 현실. '착한 늑대와 나쁜 돼지'는 바로 이 사회의'인간'들 이야기이다.

생각해 보기

- 이 노랫말에서 원작 〈아기 돼지 삼형제〉에 등장하는 '돼지'와 '늑대'의 캐릭터를 거꾸로 뒤집음으로써 얻을 수 있는 효과는 무엇인지 생각해 보자.
- 이 노랫말에서 '늑대'는 왜 처음부터 끝까지 '돼지'에게 당할 수밖에 없는지, 우리 사회의 모습과 연관 지어 설명해 보자.

엮어 읽기

소설 조지 오웰, 〈동물 농장〉 우화 속에 '나쁜 돼지'를 등장시켜 특정 사회를 우회적으로 풍자한다.

뮤지컬 〈백설공주를 사랑한 난장이〉 원작 동화를 살짝만 비틀면 새로운 의미가 탄생한다.

두 바퀴로 가는
자동차

노래 김광석(1995)

작사 양병집

두 바퀴로 가는 자동차
네 바퀴로 가는 자전거
물 속으로 나는 비행기
하늘로 나는 돛단배
복잡하고 아리송한 세상 위로
오늘도 애드벌룬 떠 있건만
포수에게 잡혀 온 잉어만이
한숨을 내쉰다

시퍼렇게 멍이 든 태양
시뻘겋게 물이 든 달빛
한여름에 털장갑 장수
한겨울에 수영복 장수
복잡하고 아리송한 세상 위로
오늘도 애드벌룬 떠 있건만
태공에게 잡혀 온 참새만이
긴 숨을 내쉰다

남자처럼 머리 깎은 여자
여자처럼 머리 긴 남자
가방 없이 학교 가는 아이
비 오는 날 신문 파는 애
복잡하고 아리송한 세상 위로
오늘도 애드벌룬 떠 있건만
독사에게 잡혀 온 땅꾼만이
긴 혀를 내두른다

노랫말 읽기

이 노랫말 속 상황은 모든 것이 부조리하다. 상식을 벗어난 일로 가득하다. 이 노랫말을 액면 그대로 이해해서는 이상한 노래가 되고 만다. 우선 모든 것이 제자리를 찾지 못하고 서로 뒤바뀌어 있다. 이렇게 전도된 일상을 노래함으로써 화자는 무엇을 대중에게 전달하려고 했을까? 우리가 사는 세상이 바로 이렇게 제자리를 찾지 못하고 있음을 상징적으로 보여 주려고 한 것은 아닐까? 가령, 민주주의 사회에서 실제로 국민이 주인이 되지 못하고 소수 권력자가 주인 행세를 하는 것. 만인이 법 앞에 평등하다는 사회에서 실제로는 '유전무죄 무전유죄'가되는 것. 부조리한 노랫말을 통해 부조리한 우리 사회를 풍자하고 고발하고 있다.

생각해 보기

• 이 노랫말에서 무엇과 무엇이 뒤바뀌었는지 짝을 지어 가면서 찾아보자.

• 이 노랫말에서 '애드벌룬'이 의미(혹은 상징)하는 바가 무엇인지 생각해 보자.

엮어 읽기

시 최승호, 〈북어〉 부조리한 현실에 대한 비판 능력을 상실한 현대인의모습.

고전 수필 이규보, 〈이상한 관상쟁이〉 겉모습이나 상식과는 정반대로 관상을 보는 사람. 그러나 그것이 진실을 전하는 방법.

일탈

노래 자우림(1997)

작사 김윤아

매일 똑같이 굴러가는 하루
지루해 난 하품이나 해
뭐 화끈한 일 뭐 신나는 일 없을까

할 일이 쌓였을 때 홀쩍 여행을
아파트 옥상에서 번지 점프를
신도림 역 안에서 스트립쇼를

하는 일 없이 피곤한 일생
나른해 난 기지개나 펴
뭐 화끈한 일 뭐 신나는 일 없을까

머리에 꽃을 달고 미친 척 춤을
선 보기 하루 전에 홀딱 삭발을
비 오는 겨울밤에 벗고 조깅을

할 일이 쌓였을 때 홀쩍 여행을
아파트 옥상에서 번지 점프를

신도림 역 안에서 스트립쇼를

모두 원해 어딘가 도망칠 곳을
모두 원해 무언가 색다른 것을
모두 원해 모두 원해 나도 원해

매일 똑같이 굴러가는 하루
뭐 화끈한 일 뭐 신나는 일 없을까

노랫말 읽기

다람쥐 쳇바퀴 돌 듯 매일 반복되는 일상. 현대인은 목적도 없이 하루 하루를 살아간다. '일탈(逸脫)'은 '정해진 영역 또는 본디의 목적이나 길, 사상, 규범, 조직 따위로부터 빠져 벗어남'이라는 뜻이다. 화자는 일 상에서 감히 시도할 수 없는 일탈적 행위를 노래 속에서 꿈꾸어 본다. 한편, '색다른 것'을 원하고 '어딘가 도망칠 곳'을 꿈꾸는 것은 비단 화 자만이 아니다. 현대를 살아가는 모든 사람이 그러한 '일탈'을 꿈꾸고 있다고 화자는 노래한다. 요컨대, 이 노랫말은 일상에서 벗어나고 싶은 현대인의 심리를 대변한다.

생각해 보기

• 이 노랫말에 제시된 일탈 행위를 정리해 보고, 이 밖에 어떤 일탈 행 위를 하고 싶은지 생각해 보자.
• '매일 똑같이 굴러가는 하루'가 긍정적으로 기능하는 점은 없는지 생 각해 보자.

엮어 읽기

시 이상, 〈운동〉 무의미하게 반복되는 현대인의 일상.
희곡 이근삼, 〈원고지〉 현대인의 무의미한 일상과 소통 부재의 현실.
희곡 사무엘 베케트, 〈고도를 기다리며〉 언제 올지 모르는 '고도'를 매 일 똑같이 기다림.

chapter 3

내가 바라본 나,
이제 미래를 꿈꾸다

─ 자아, 꿈, 성찰

Tomorrow

노래 방탄소년단(2014)

작사 민슈가

같은 날 같은 달

24/7 매번 반복되는 매 순간

어중간한 내 삶

20대의 백수는 내일이 두려워

참 웃기지 어릴 땐 뭐든 가능할 거라 믿었었는데

하루를 벌어 하루를 사는 게 빠듯하단 걸 느꼈을 때

내 내 기분은 컨트롤 비트 계속해서 다운되네

매일 매일이 Ctrl+C Ctrl+V 반복되네

갈 길은 먼데 왜 난 제자리니

답답해 소리쳐도 허공의 메아리

내일은 오늘보다는 뭔가 다르길

난 애원할 뿐야

니 꿈을 따라가 like breaker

부서진대도 oh better

니 꿈을 따라가 like breaker

무너진대도 oh 뒤로 달아나지 마 never

해가 뜨기 전 새벽이 가장 어두우니까
먼 훗날에 넌 지금의 널 절대로 잊지 마
지금 니가 어디 서 있든 잠시 쉬어 가는 것일 뿐
포기하지 마 알잖아

너무 멀어지진 마 tomorrow
멀어지진 마 tomorrow
너무 멀어지진 마 tomorrow

우리가 그토록 기다린 내일도
어느새 눈을 떠 보면 어제의 이름이 돼
내일은 오늘이 되고 오늘은 어제가 되고
내일은 어제가 되어 내 등 뒤에 서 있네
삶은 살아지는 게 아니라 살아 내는 것
그렇게 살아 내다가 언젠간 사라지는 것
멍 때리다간 너 쓸려 가
If you ain't no got the guts trust
어차피 다 어제가 되고 말 텐데
하루하루가 뭔 의미겠어
행복해지고 독해지고 싶었는데
왜 자꾸 약해지기만 하지 계속
나 어디로 가? 여기로 가고 저기로 가도

난 항상 여기로 와
그래 흘러가긴 하겠지 어디론가
끝이 있긴 할까 이 미로가

갈 길은 먼데 왜 난 제자리니
답답해 소리쳐도 허공의 메아리
내일은 오늘보다는 뭔가 다르길
난 애원할 뿐야

니 꿈을 따라가 like breaker
부서진대도 oh better
니 꿈을 따라가 like breaker
무너진대도 oh 뒤로 달아나지 마 never

해가 뜨기 전 새벽이 가장 어두우니까
먼 훗날에 넌 지금의 널 절대로 잊지 마
지금 니가 어디 서 있든 잠시 쉬어 가는 것일 뿐
포기하지 마 알잖아

너무 멀어지진 마 tomorrow

Tomorrow 계속 걸어 멈추기엔 우린 아직 너무 어려

Tomorrow 문을 열어 닫기엔 많은 것들이 눈에 보여
어두운 밤이 지나면 밝은 아침도 있듯이 알아서
내일이 오면 밝은 빛이 비추니 걱정은 하지 말아 줘
이건 정지가 아닌 니 삶을 쉬어 가는
잠시 동안의 일시 정지
엄지를 올리며 니 자신을 재생해 모두 보란 듯이

니 꿈을 따라가 like breaker
부서진대도 oh better
니 꿈을 따라가 like breaker
무너진대도 oh 뒤로 달아나지 마 never

해가 뜨기 전 새벽이 가장 어두우니까
먼 훗날에 넌 지금의 널 절대로 잊지 마
지금 니가 어디 서 있든 잠시 쉬어 가는 것일 뿐
포기하지 마 알잖아

너무 멀어지진 마 tomorrow
멀어지진 마 tomorrow
너무 멀어지진 마 tomorrow

노랫말 읽기

독일 문학의 거장 괴테는 이런 명언을 남겼다. "눈물 젖은 빵을 먹어 보지 않은 자와는 더불어 인생을 논하지 말라." 이 말은, 힘들고 어려운 시간을 겪어 보지 못한 사람은 인생의 진정한 깊이를 모른다는 뜻이다. 우리의 인생에서 이십대는 꿈을 향해 전력 질주하는 시기로, 반복되는 시련과 함께 삶에 대한 고민이 많은 시기이다. 그야말로 '눈물 젖은 빵'을 먹으면서 인생의 참다운 맛을 알아 가게 되는 것이다. 해가 뜨기 전 새벽이 가장 어두운 것처럼, 시련과 상처라는 '어둠'은 인생의 꽃을 피우기 위한 통과의례이다. 그러한 반전이 있기에 우리는 용기 내어 꿈을 좇아갈 수 있는 것이 아닌가. 명심할 것은 '먼 훗날에 넌 지금의 널 절대로 잊지' 말아야 한다는 것. 지난날의 고뇌와 수난의 조각조각이 '나'를 이루어 낸 결정이기 때문이다.

생각해 보기

• '삶은 살아지는 것'과 '삶은 살아 내는 것'의 다른 점은 무엇인지 생각해 보자.
• 우리 삶에서 '가장 어두운 시간'이 주는 장점을 생각해 보자.

엮어 읽기

시 도종환, 〈흔들리며 피는 꽃〉 꽃이 흔들리며 피는 것처럼 우리의 삶도 부단히 흔들리며 역경 속에서 성장하는 것.
소설 프란츠 카프카, 〈변신〉 삶의 목표를 잃어버리고 추악한 벌레로 변신한 주인공. 목표 의식이 있다면 극한 상황도 극복할 수 있다.

꿈이 뭐야

노래 그레이(2013)

작사 그레이, 도끼, 크러쉬

넌 꿈이 뭐야?
계속 그렇게 고개 숙일 거야?
넌 꿈이 뭐야?
네 자신에게 물어봐 꿈이 뭐야?

자신감을 가져 넌 대체 꿈이 뭐야?
네 인생의 주인공은 너 바로 너야
원하는 삶을 살어 웅크리지 말어
모두의 성공의 잣대가 왜 돈인 거야?
Why? 묻고 싶어 넌 행복해?
그래 인생은 사실은 좀 불공평해
출발선은 모두 달라도
어릴 때 배웠잖아 인생은 Marathon
위기는 위험과 기회의 합성어
위기를 기회로 삼고 싶다면 받아쳐 지금
활짝 펴 축 처진 어깨를
사람으로 태어났음 남겨 봐 이름
덧칠해 봐 기름

녹슬었던 꿈 이제 거머쥐기를
넘어지고 포기하기엔 인생은 길어
네가 품은 꿈은 어디에?

왜 그리 고민이 많아?
네 눈에 보이는 것보다 훨씬 재밌는 게 많아
Life's so good
I'll be the one
서바이벌 게임이야 뭐가 그리 두려워
I'll be the one
부잣집 아들 한개도 안 부러워

집이 잘살아야 니가 잘사는 거니?
부모 탓하지 마 네 능력이 원인
뭘 하든 혼자서 하는 습관을 길러
잘되든 못되든 니 탓
원래 다 쉬운 일은 없어
전부를 걸어 봐 올인해 봐 몽땅
도전해 또 뭐가 그리도 겁나?
허세만 부리다 니 앞을 못 봐
많은 사람들이 자기 길 놔두고 옆 사람 따라 걷지
첫술부터 배부르겠다는 욕심 땜에
부려 보는 땡깡 혹은 억지

가슴이 뭉클해지거나 두근거릴 일이 없지
넌 시스템의 부품
아직 늦지 않았으니 키워 봐 너의 꿈
세상이 알아줄 거야 네가 바래 온 꿈

왜 그리 고민이 많아?
네 눈에 보이는 것보다 훨씬 재밌는 게 많아
Life's so good
넌 꿈이 뭐야?
계속 그렇게 고개 숙일 거야?
넌 꿈이 뭐야?
네 자신에게 물어봐 꿈이 뭐야?

너무 고민할 필요 없지 빠지면 빠질수록
복잡해지는 게 삶이니 조심해 그 수렁
모두가 꿈꾸는 완벽은 존재하지 않아
정답은 가까이 있어 주위를 둘러봐 봐
나만 혼자인 듯한 생각들은 외로움의 지름길
한 발짝만 물러나 제3의 눈을 뜨면
쉽게 알게 될 거야 여태 뭘 놓치고 잃은지
잃지 말고 도움을 청해 모르면 물어
세상은 넓고 넘치는 게 시간
늦음 따윈 없어 담배 대신 펴 네 미간

지난 일에 대해 미련은 다 버려
새로 다가올 날들을 위해 외쳐 wattup
Wassup young world what it do 절대 포기하지 마
숨을 쉬는 한 우린 특별해 어디까지나
여기까지 왔으니 더 멀리까지 가
따라가기만 해 너의 머리 아닌 맘

따라잡히기만 했던 머리와 기억
이 모든 게 다 내 탓이라고 믿어
족쇄는 내 맘 안에 악 때문에 맘먹기에 달렸어
전에도 얘기했었지
from the bottom to the top
이젠 더 한 발 내달릴 준비가 끝났어
I'll be the one

왜 그리 고민이 많아?
네 눈에 보이는 것보다 훨씬 재밌는 게 많아
Life's so good
I'll be the one
서바이벌 게임이야 뭐가 그리 두려워
I'll be the one
부잣집 아들 한개도 안 부러워

노랫말 읽기

"넌 커서 뭐가 되고 싶니?" 어른들이 아이들에게 으레 하는 질문이다. 대통령, 미스코리아, 연예인, 과학자, 운동선수, 의사, 프로게이머 등의 대답들. 어릴 적 가졌던 장래 희망은 성장하면서 바뀌는 경우가 많다. 성장 과정에서 꿈이 변하는 것은 당연한 일일 것이다. 그런데 '네 인생의 주인공은 너 바로 너'임에도 불구하고, 자신의 적성이 아닌 부모님의 소망이나 타인의 시선, 직업의 안정성에 의해 꿈을 바꾸는 이들이 많은 현실. 그러다 보니 자신이 원하는 바가 무엇인지도 모른 채 단지 '시스템의 부품'처럼 살아가는 젊은이가 많다. 아직도 늦지 않았다. 자신이 진정 원하는 꿈을 마주할 수 있는 용기를 내어 보자. 그것이 바로 내 삶의 의미이다.

생각해 보기

• 성공의 진정한 잣대로 제시할 수 있는 것에는 무엇이 있을까?
• 꿈이 있는 사람과 없는 사람의 삶을 비교해 보고, 인간에게 꿈이 어떤 의미를 갖는지 생각해 보자.

엮어 읽기

동화 트리나 폴러스, 〈꽃들에게 희망을〉 진정한 목표 없이 무작정 기둥을 오르는 애벌레. 친구 따라 강남 가다.

소설 리처드 바크, 〈갈매기의 꿈〉 비행의 꿈을 실현하기 위한 갈매기의 분투기를 통해 알 수 있는 꿈의 의미.

민물장어의 꿈

노래 신해철(1999)

작사 신해철

좁고 좁은 저 문으로 들어가는 길은

나를 깎고 잘라서

스스로 작아지는 것뿐

이젠 버릴 것조차

거의 남은 게 없는데

문득 거울을 보니

자존심 하나가 남았네

두고 온 고향 보고픈 얼굴

따뜻한 저녁과 웃음소리

고갤 흔들어 지워 버리며

소리를 듣네 나를 부르는

쉬지 말고 가라 하는

저 강들이 모여드는 곳

성난 파도 아래 깊이

한 번만이라도 이를 수 있다면

나 언젠가 심장이 터질 때까지

흐느껴 울고 웃다가

긴 여행을 끝내리 미련 없이

익숙해 가는 거친 잠자리도
또 다른 안식을 빚어
그마저 두려울 뿐인데
부끄러운 게으른 자잘한 욕심들아
얼마나 나일 먹어야
마음의 안식을 얻을까
하루 또 하루 무거워지는
고독의 무게를 찾는 것은
그보다 힘든 그보다 슬픈
의미도 없이 잊혀지긴 싫은 두려움 때문이지만
저 강들이 모여드는 곳
성난 파도 아래 깊이
한 번만이라도 이를 수 있다면
언젠가 심장이 터질 때까지
흐느껴 울고 웃으며
긴 여행을 끝내리 미련 없이
아무도 내게 말해 주지 않는
정말로 내가
누군지 알기 위해

노랫말 읽기

민물장어의 생태를 아는가? 민물장어는 바다에서 태어나 강에서 살다 다시 바다로 회귀하여 일생을 마감한다. 민물장어에게 바다는 자신이 태어난 곳이자 죽음을 무릅쓰고서라도 가야만 하는 이상향이다. 그리하여 죽음에 이를지라도 넓은 바다로 향하는 담대한 여정을 펼친다. 그것이 바로 민물장어가 진정 원하는 것을 실현하는 길이고, 자신을 알아 가는 참다운 행복이기 때문이다. 인간 역시 민물장어나 다름없다. 누구나 자신만의 바다, 즉 이상 세계가 있기 마련이다. '진짜 나'를 잊어버릴 만큼의 치열한 세상 속에서 꿈을 향해 달려가는 것, 자기 존재의 의미를 발견해 나가는 것, 그것이 후회 없는 삶을 살 수 있는 해법이 아닐까. 비록 그 여정에 고통이 따르더라도 결핍된 행복을 채울 수 있으니 말이다.

생각해 보기

• 원하는 것을 이루기 위해서는 자존심을 세워야 하는지 버려야 하는지 생각해 보자.
• 꿈을 이루기 위해 어떤 노력을 하고 있는지, 앞으로 어떤 노력을 해 나갈 것인지 말해 보자.

엮어 읽기

시 유치환, 〈깃발〉 깃발의 힘찬 펄럭임, 자유를 꿈꾸다.
영화 로버트 돈헬름 감독, 〈루디〉 꿈을 이루기 위한 끈기와 정성.

말하는 대로

노래 처진 달팽이(2011)

작사 이적

나 스무 살 적에
하루를 견디고 불안한 잠자리에 누울 때면
내일 뭐 하지 내일 뭐 하지 걱정을 했지

두 눈을 감아도 통 잠은 안 오고
가슴은 아프도록 답답할 때
난 왜 안 되지 왜 난 안 되지 되뇌었지

말하는 대로 말하는 대로
될 수 있다곤 믿지 않았지
믿을 수 없었지
마음먹은 대로 생각한 대로
할 수 있단 건 거짓말 같았지
고개를 저었지

그러던 어느 날 내 맘에 찾아온
작지만 놀라운 깨달음이
내일 뭘 할지 내일 뭘 할지 꿈꾸게 했지

사실은 한 번도 미친 듯 그렇게
달려든 적이 없었다는 것을
생각해 봤지 일으켜 세웠지 내 자신을

말하는 대로 말하는 대로
될 수 있단 걸 눈으로 본 순간
믿어 보기로 했지
마음먹은 대로 생각한 대로
할 수 있단 걸 알게 된 순간
고갤 끄덕였지

마음먹은 대로 생각한 대로 말하는 대로
될 수 있단 걸 알지 못했지 그땐 몰랐지
이젠 올 수도 없고 갈 수도 없는
힘들었던 나의 시절 나의 20대
멈추지 말고 쓰러지지 말고
앞만 보고 달려 너의 길을 가

주변에서 하는 수많은 이야기
그러나 정말 들어야 하는 건
내 마음속 작은 이야기
지금 바로 내 마음속에서 말하는 대로

말하는 대로 말하는 대로
될 수 있다고 될 수 있다고
그대 믿는다면

마음먹은 대로 (내가 마음먹은 대로)
생각한 대로 (그대 생각한 대로)
도전은 무한히 인생은 영원히
말하는 대로 말하는 대로
말하는 대로 말하는 대로

노랫말 읽기

현대 사회에서의 삶을 '불확실성의 삶' 또는 '불확정성의 삶'이라고 한
다. 아무것도 확신하거나 확정할 수 없어 수많은 사람이 방황과 불안
속에서 하루하루를 살아가기 때문이다. 이런 삶 속에서 나 스스로가
내 삶의 방향과 중심을 바로잡을 수 있도록 '말하는 대로 말하는 대로
될 수 있다고 될 수 있다고' 마음속으로 되뇌어 보자. 인생이란 '나'로
부터 시작되어 무수한 '너'를 거쳐 다시 '나'에게로 돌아오는 순례의 과
정이다. 그러니 이 땅의 청춘들이여, 스스로를 일으켜 세울 수 있는 긍
정의 주문으로 마법을 펼쳐 보시라.

생각해 보기

• 노랫말 속 화자가 걱정과 불안으로 나날을 보낸 이유가 무엇인지 생
  각해 보자.
• 앞으로의 삶에서 열정을 다해 달려들고 싶은 일이 있다면 무엇인지
  말해 보자.

엮어 읽기

시 윤동주, 〈자화상〉 우물에 비친 '나' 들여다보기. 내가 어떠해야 하는
  지를 깨우치게 하는 자아 발견의 과정.
드라마 MBC 〈메리대구 공방전〉 극중 대사 한마디, "나를 믿는 것도 용
  기와 노력이 필요한 거야."

야생화

노래 박효신(2014)

작사 박효신, 김지향

하얗게 피어난 얼음꽃 하나가
달가운 바람에 얼굴을 내밀어
아무 말 못 했던 이름도 몰랐던
지나간 날들에 눈물이 흘러

차가운 바람에 숨어 있다
한 줄기 햇살에 몸 녹이다
그렇게 너는 또 한번 내게 온다

좋았던 기억만 그리운 마음만
니가 떠나간 그 길 위에
이렇게 남아 서 있다
잊혀질 만큼만 괜찮을 만큼만
눈물 머금고 기다린 떨림 끝에
다시 나를 피우리라

사랑은 피고 또 지는 타 버리는 불꽃
빗물에 젖을까 두 눈을 감는다

어리고 작았던 나의 맘에
눈부시게 빛나던 추억 속에
그렇게 너를 또 한번 불러 본다

좋았던 기억만 그리운 마음만
니가 떠나간 그 길 위에
이렇게 남아 서 있다
잊혀질 만큼만 괜찮을 만큼만
눈물 머금고 기다린 떨림 끝에
그때 다시 나는……

메말라 가는 땅 위에
온몸이 타들어 가고
내 손끝에 남은
너의 향기 흩어져 날아가

멀어져 가는 너의 손을
붙잡지 못해 아프다
살아갈 만큼만 미워했던 만큼만
먼 훗날 너를 데려다줄
그 봄이 오면 그날에 나 피우리라

노랫말 읽기

이 노랫말에는 세찬 풍파를 견디며 피어난 이름 모를 야생화를 보며 힘겨운 삶의 극복 의지를 다짐하는 화자의 모습이 담겨 있다. '메말라 가는 땅 위에 온몸이 타들어 가고'에 집약된 고난의 현실과 '눈물 머금고 기다린 떨림 끝에 다시 나를 피우리라'로 환기되는 현실 극복 의지가 노랫말 갈피갈피에 스며들어 있다. 즉, 절망과 희망이 교차하는 사이에서 흔들리며 살아온 화자 자신의 자화상이 그려져 있는 것. 삶을 살아가다 보면 의도치 않게 넘어질 때도 있고 눈물을 보일 때도 있다. 그러한 날들을 견디면서 비로소 자신의 삶을 더욱 사랑할 수 있는 것이 아닐까. 절망으로부터 일어서기, 그것은 삶의 성숙 과정이다.

생각해 보기

• 화자는 왜 '야생화'에 자신의 모습을 투영했는지 생각해 보자.
• 우리 주변에 '야생화' 같은 사람이 있다면 누구일지 생각해 보자.

엮어 읽기

시 이근배, 〈살다가 보면〉 살다 보면 생각지 않았던 위기도 실패도 눈물도 경험한다. 그것이 인생이다. 살다 보면 좋은 날도 있다.

시 허영환, 〈바람 부는 날 나뭇잎 떨어질 때〉 떨어지는 가랑잎을 통해 돌아보는 삶.

요즘 너 말야

노래 제이레빗(2010)

작사 제이레빗

요즘 너 말야 참 고민이 많아
어떡해야 할지 모르겠나 봐
언제나 함께하던 너의 노래가
이제 들리지가 않아
사실 넌 말야 참 웃음이 많아
누가 걱정하기 전에 툭툭 털고 일어나
해맑은 미소로 날 반겨 줄 거잖아

쉬운 일은 아닐 거야 어른이 된다는 건 말야
모두 너와 같은 마음이야 힘을 내 보는 거야

다시 너로 돌아가 이렇게
희망의 노랠 불러 새롭게
널 기다리는 세상을 기대해 봐
다시 달려가 보는 거야
힘이 들고 주저앉고 싶을 땐 이렇게
기쁨의 노랠 불러 씩씩하게
언젠가 모두 추억이 될 오늘이

감사해 기억해 힘을 내 MY FRIEND
쉬운 일은 아닐 거야 어른이 된다는 건 말야
모두 너와 같은 마음이야 힘을 내 보는 거야

다시 너로 돌아가 이렇게
희망의 노랠 불러 새롭게
널 기다리는 세상을 기대해 봐
다시 달려가 보는 거야
힘이 들고 주저앉고 싶을 땐 이렇게
기쁨의 노랠 불러 씩씩하게
언젠가 모두 추억이 될 오늘을
감사해 기억해 힘을 내 MY FRIEND

널 위한 세상을 기대해
힘이 들고 주저앉고 싶을 땐 이렇게
기쁨의 노랠 불러 씩씩하게
언젠가 모두 추억이 될 오늘을
감사해 기억해 힘을 내 MY FRIEND

노랫말 읽기

사춘기에 접어든 청소년은 격정에 휩싸이는 때가 많다. 마치 '강한 바람'과 '성난 파도'와 같다. 그래서 이 시기를 '질풍노도의 시기'라고 한다. 어린이를 지나 어른으로 진입하기 직전의 청소년은 정서적으로 동요가 심하여 자주 좌절하고 불만을 표시하며 때로는 극단적으로 사고하기도 한다. 이것이 방치되면 자칫 청소년기의 방황으로 이어지기 마련이다. 이 노랫말은 힘들어하는 '너(청소년)'를 위해 '어른이 된다는 게 쉬운 일은 아닐 거'라며, 어른이 되기 위한 '성장통'을 겪는 아이들을 따뜻하게 다독이고 있다.

생각해 보기

• 요즘 나에게 가장 큰 고민이 무엇인지 고백해 보자.
• 나에게 찾아오는 걱정과 스트레스를 어떻게 해결하는 것이 바람직할지 생각해 보자.

엮어 읽기

시 푸시킨, 〈삶이 그대를 속일지라도〉 아무리 고통스러운 현실도 언젠가는 모두 추억이 된다.

소설 창신강, 〈모기 물리던 여름날〉 청소년기의 성장통, 아파도 꿋꿋하게 참고 견뎌 내야 하는 것.

드라마 KBS 〈반올림〉 시리즈 청소년이 어른으로 성장하기 직전에 겪는 다양한 고민과 갈등.

날개

노래 언타이틀(1997)

작사 유건형

어렵게 살아온 내 어린 시절이
아직도 나의 머릿속을 복잡하게 해
이런 내 힘든 생활 이젠 지쳤지 부숴 버리고 싶어

오랫동안을 그렇게 늘 갇혀서 지내 왔네
지금 이렇게 된 자신을 바라봤었네
나의 앞을 가로막던 수많은 벽들을 넘도록
간절히도 원하던 내 마음을
하지만 나 이제는 컸어요
나에게도 자그마한 날개가 있어요
날개는 바로 나의 꿈이었어
난 지쳐 있지 않겠어

이제는 정말 구속받기 싫은데 천만다행이야
나에겐 날개가 있으니 하늘을 날 수 있어

항상 나 새만 보면 부러워했지
자유롭게 날 수 있는 크나큰 행복을

날개를 달고 싶은 나의 소망이 이뤄지길 바라지
여기가 어딘가 지금 어딜 날고 있나
가장 높은 곳으로 계속 오르려 하나
나는 모든 걸 이겨 냈지 고통을 참아 냈지
그래서 날아갈 수 있게 돼 버렸지
나의 한계에 도전을 해 봤어
지금 난 세상 모두를 뛰어넘었어
이제 날 수가 있어
날개가 있어 훨훨 날 수 있어

작은 날개로 나의 세상 날아가는 꿈에
부풀어 버린 내 마음은 자유를 찾아
날개 있어 기쁜 내 마음
날고 있는 큰 자유만큼
비록 지금은 힘이 들지도 몰라
하지만 언젠가는 미소 짓게 될 거야
나에게 있어 가장 중요한 것은 바로
나의 꿈 또 희망 또 나의 날개야
그저 지켜봐 주기만 해
나는 나의 날개를 펴고 날아가야 해

이제는 정말 구속받기 싫은데 천만다행이야
나에겐 날개가 있으니 하늘을 날 수 있어

노랫말 읽기

어린 시절 화자 앞에 서 있던 수많은 '벽'은 좀처럼 넘어서기 힘든 것이었다. 벽으로 둘러싸인 그곳에 갇혀서 구속받던 화자가 고통을 참고 끊임없이 한계에 도전하다 보니 이제 '날개'를 갖게 되어 훨훨 하늘로 날아갈 수 있게 되었다. 화자가 갖게 된 '날개'의 다른 이름은 바로 '자유'이다. 화자의 삶에서 가장 중요한 가치는 '꿈'과 '희망'과 '자유'이다. 아무리 어렵고 힘들어도 꿈과 희망을 향해 도전하다 보면 참다운 마음의 '자유'를 얻게 될 것이라고 화자는 노래한다.

생각해 보기

• 어떤 '벽'이 내 앞을 가로막고 있는지 떠올려 보고, 그것을 극복해 낼 '날개'를 얻기 위해 어떤 도전을 해야 하는지 생각해 보자.

엮어 읽기

시 김수영, 〈푸른 하늘을〉 누구나 자유를 꿈꾼다. 자유를 위해 비상(飛翔)한다.

시 김소월, 〈옷과 밥과 자유〉 자유롭게 날고 있는 '공중에 떠다니는 새'에 대한 부러움.

소설 이상, 〈날개〉 삶의 의욕을 상실한 '나'는 날개가 돋기를 간절히 염원한다.

영화 리들리 스콧 감독, 〈델마와 루이스〉 자동차를 타고 하늘로 날아오르는 마지막 장면에 이르면 비로소 델마와 루이스가 꿈꾸던 자유가 얼마나 소중한 것인지 깨닫게 된다.

내 낡은 서랍 속의 바다

노래 패닉(1998)

작사 이적

내 바다 속에는 깊은 슬픔과
헛된 고민들 회오리치네
그 바다 위에선 불어닥치는 세상의 추위
맘을 얼게 해 때론 홀로 울기도
지칠 때 두 눈 감고 짐짓 잠이 들면
나의 바다 그 고요한 곳에
무겁게 내려가 나를 바라보네

난 이리 어리석은가
한 치도 자라지 않았나
그 어린 날의 웃음을 잃어만 갔던가

초라한 나의 세상에
폐허로 남은 추억들도
나 버릴 수는 없었던 내 삶의 일부인가

나 어릴 적 끝도 없이 가다
지쳐 버려 무릎 꿇어 버린 바다

옛날 너무나도 고운 모래 파다
이젠 모래 위에 깊은 상처 하나
행복하고 사랑했던 그대와 나
생각만으로 웃음 짓던 꿈도 많아
그런 모든 것들 저 큰 파도에 몸을 맡겨
어딘가 가더니 이젠 돌아오지 않아

바다 앞에 내 자신이 너무 작아
흐르는 눈물 두 손 주먹 쥐고 닦아
많은 꿈을 꾸었는데 이젠 차마
날 보기가 두려워서 그냥 참아
그때 내가 바라보던 것들 아마
볼 수 없겠지만 그래도 눈을 감아
나의 낡은 서랍 속의 깊은 바다
이젠 두 눈 감고 다시 한번 닫아

노랫말 읽기

쓸모없지만 버릴 수도 없고 남에게 줄 수도 없는 물건. 가령, 책상 서랍 속에 묵혀 있는 잡동사니들. 지난날 누군가에게 받았던 편지이거나 헤어진 연인과 함께 찍은 사진이거나 어린 시절 꾹꾹 눌러 쓴 일기장 등이 낡은 서랍 속에 있을 수도 있다. 어쩌다 꺼내 볼동 말동 손도 가지 않는 낡은 물건인데도 쉽사리 버려지지 않는 이유는 누구나 쉽게 짐작될 것이다. 그저 오래되고 하찮은 물건이라도 추억과 마음이 깃들면 단순한 물건으로서의 의미가 아닌 것이니 말이다. 기쁨과 슬픔도 웃음과 눈물도 성공과 실패도 꿈과 열정도 순수함도 모두 다 서랍 속에 머물러 있어 지난날을 되돌아보게 된다. 일상에 지쳤을 때 서랍을 열어 보면 어떨까. 그때 그 시절 나의 마음과 모습이 지금의 나에게 위안과 용기를 줄 수도 있으리라.

생각해 보기

• 화자는 왜 서랍 속을 '바다'라고 비유했는지 생각해 보자.
• 노랫말 속 화자의 처지와 심정이 어떠한지 짐작해 보자.

엮어 읽기

영화 미셸 공드리 감독, 〈이터널 선샤인〉 추억이 깃든 물건을 통해 지난날의 과오를 반성한다.
영화 곽재용 감독, 〈엽기적인 그녀〉 타임캡슐에 넣은 편지, 순수한 마음이 깃든 추억을 꺼내 본다.

붉은 낙타

노래 이승환(1997)

작사 이승환

퍼렇게 온통 다 멍이 든
억지스런 온갖 기대와
뒤틀려진 희망들을 품고 살던
내 이십대 그때엔

혼돈과 질주로만 가득한
터질 듯한 내 머릿속은
고통을 호소하는데
내 곁엔 아무도……

나는 차라리 은빛 사막에
붉은 낙타 한 마리 되어
홀로 아무런 갈증도 없이

시원한 그늘 화려한 성찬
신기루를 좇으며 어디
객기도 한 번쯤 부려 보며
살았어야 했는데 아까워 아까워

'안 돼!'라고 하지 못한 건
허기진 내 욕심을 채울
착한 척하려 한 나의
비겁한 속셈일 뿐이야

장밋빛 미랜 저만치서
처절하도록 향기로운 냄새로
날 오라 하네 이리 오라 하네

나는 차라리 은빛 사막에
붉은 낙타 한 마리 되어
홀로 아무런 갈증도 없이

시원한 그늘 화려한 성찬
신기루를 좇으며 어디
객기도 한 번쯤 부려 보며
살았어야 했는데 아까워

난 가고 싶어 은빛 사막으로
난 가고 싶어 붉은 낙타 한 마리 되어
난 가고 싶어 은빛 사막으로
난 가고 싶어 붉은 낙타 한 마리 되어

난 가고 싶어 은빛 사막으로
난 가고 싶어 붉은 낙타 한 마리 되어
난 가고 싶어 은빛 사막으로
난 가고 싶어 붉은 낙타 한 마리 되어

난 가고 싶어 은빛 사막으로

노랫말 읽기

삶의 길을 어느 정도 걸어온 이들은 젊은 시절을 떠올리며 이런 말을 꺼내곤 한다. '객기도 한 번쯤 부려 보며 살았어야 했는데, 아까워 아까워.'라고 말이다. 많은 이가 그러한 후회와 아쉬움을 갖는 이유는 무엇일까? 일탈 한 번쯤 한다고 결국 나의 본질이 변하지는 않을 테니, 하고 싶었던 일을 후회 없이 해 보았더라면 좋았을 거라는 이유 때문일 것이다. 우리나라의 이십대 꽃청춘들은 봄날처럼 싱그러운 시기를 학업, 취업, 생계 등의 심리적 압박 속에 갇혀 살아가고 있다. 자아실현이라는 찬란한 목표는 온데간데없고, 현실에서 살아남기 위해 자신을 사회에 맞추어 나간다. 그러니 점점 작아질 수밖에. 살면서 애써 외면해야 했던 일이 있었다면 한 번쯤 은빛 사막의 자유로운 낙타가 되어 그 어떤 갈증 없이 열정을 다해 보는 것이 어떨까.

생각해 보기

- '은빛 사막의 붉은 낙타'가 상징하는 의미가 무엇일지 생각해 보자.
- 화자가 우리 사회의 이십대 청춘들에게 삶의 조언을 한다면 뭐라고 했을지 생각해 보자.

엮어 읽기

수필 민태원, 〈청춘 예찬〉 삶의 전성기, 이상을 향해 거침없이 나아가라.

방송 EBS 〈지식채널 e〉 '청춘의 주소' 편 먹고살기 위한 몸부림. 그러나 이십대에 객기 한 번쯤은 괜찮아.

영화 엄태화 감독, 〈잉투기〉 이 시대 젊은이들을 향해 묻는다. '너는 언제 한번 뜨거운 적이 있었더냐?'

새봄나라에서 살던
시원한 바람

노래 시인과 촌장(1988)

작사 하덕규

새봄나라에서 살던 시원한 바람

날마다 시원한 바람 불어 주어서

모두들 그 바람을 좋아했는데

새봄나라에서 불던 행복한 바람

날마다 쌩쌩쌩 불고만 싶어서

겨울나라로 갔지 갔지

추운 겨울나라에서 추운 겨울바람들과

어울려 추운 나무

나무 나무 나무 사이 불다가

쌩 쌩 쌩 쌩

추운 겨울나라에서 추운 겨울바람들과

어울려 추운 나무

나무 나무 나무 사이 불다가

쌩 쌩 쌩 쌩

너무 추워서

추워서 추워서

이젠 그만 돌아오고 싶다고

따뜻한 숲을 쓰다듬으며

불고 싶다고 고향이 그립다고
그 푸른 들판을 달리며
불고 싶다고 그때가 그립다고
아름다운 숲을 어루만지며
불고 싶다고 고향이 그립다고
눈물 없는 동산 강가에서 살고 싶다고
옛날이 그립다고
그립다고 그립다고
춥다고 너무 춥다고
새봄나라에서 살던
행복한 바람

노랫말 읽기

'새봄나라'는 '시원한 바람'이 태어나고 자라난 고향이다. 새봄나라에서 살랑살랑 불던 '시원한 바람'은 '겨울나라'에 가서 마음껏 '쌩쌩쌩' 불고 싶어 결국 겨울나라로 떠났다. 하지만 겨울나라에 사는 겨울바람들과 함께 지내자니 너무 추워서 견디기 힘들다. '시원한 바람'은 결국 자기가 살던 고향, '새봄나라'로 돌아가고 싶어 한다. 겨울나라는 멋있고 화려해 보여도 '새봄나라'처럼 따뜻하지는 않은 법이다. 행복은 가까운 곳에 있다. 가끔은 자기가 머물고 있는 곳에서 오래 묵은 '행복'을 찾아보자.

생각해 보기

• '시원한 바람'은 어떤 사람을 형상화한 것일지 생각해 보자.
• 노랫말 속 화자의 마음에 담긴 '고향'의 이미지는 어떤 것들인지 정리해 보자.

엮어 읽기

시 유치환, 〈귀고〉 고향은 어릴 적 엄마의 품처럼 언제나 따뜻하고 포근하다.
소설 박상률, 〈봄바람〉 섬마을에 살던 소년, 봄바람이 불자 도회지에 대한 유혹을 이기지 못하고 가출을 한다. 하지만 소년이 돌아갈 곳은 이미 정해져 있다.

출발

노래 김동률(2008)

작사 박창학

아주 멀리까지 가 보고 싶어
그곳에선 누구를 만날 수가 있을지
아주 높이까지 오르고 싶어
얼마나 더 먼 곳을 바라볼 수 있을지

작은 물병 하나 먼지 낀 카메라
때 묻은 지도 가방 안에 넣고서
언덕을 넘어 숲길을 헤치고
가벼운 발걸음 닿는 대로
끝없이 이어진 길을 천천히 걸어가네

멍하니 앉아서 쉬기도 하고
가끔 길을 잃어도 서두르지 않는 법
언젠가는 나도 알게 되겠지
이 길이 곧 나에게 가르쳐 줄 테니까

촉촉한 땅바닥 앞서간 발자국
처음 보는 하늘 그래도 낯익은 길

언덕을 넘어 숲길을 헤치고
가벼운 발걸음 닿는 대로
끝없이 이어진 길을 천천히 걸어가네

새로운 풍경에 가슴이 뛰고
별것 아닌 일에도 호들갑을 떨면서
나는 걸어가네 휘파람 불며
때로는 넘어져도 내 길을 걸어가네

작은 물병 하나 먼지 낀 카메라
때 묻은 지도 가방 안에 넣고서
언덕을 넘어 숲길을 헤치고
가벼운 발걸음 닿는 대로
끝없이 이어진 길을 천천히 걸어가네

내가 자라고 정든 이 거리를
난 가끔 그리워하겠지만
이렇게 나는 떠나네
더 넓은 세상으로

노랫말 읽기

우리는 오늘 하루도 새 출발을 했다. 내일도 모레도 먼 훗날에도 우리는 여지없이 출발선에 선다. 그러고 보면 삶은 출발의 연속인 셈. 출발이라는 말에는 많은 뜻이 함축되어 있다. 설렘, 다짐, 각오, 성공, 변화, 목표, 꿈 등. 새 출발은 분명 특별한 의미를 부여하는 기회이다. 그러나 출발선을 넘어 더 넓은 세상으로 가는 길이 쉽지만은 않다. 때로는 넘어지기도 하고 때로는 헤매기도 하는 힘겨운 길이 될 수도 있다. 그럼에도 가야만 한다. 출발 없이는 보다 나은 미래를 꿈꿀 수 없기 때문이다. 중요한 것은 변치 않는 초심으로 자신의 길을 꿋꿋이 걸어가는 것. 그때의 각오로 한 걸음씩 가다 보면 과정도 결과도 아름답지 않을까.

생각해 보기

- 이 노랫말에서 '길'은 '인생(길)'을 뜻하기도 한다. 길을 인생에 비유하는 이유를 생각해 보자.
- '출발'이라는 것에 파생되는 갖가지 감정들을 나열해 보자.

엮어 읽기

시 천양희, 〈단추를 채우면서〉 세상 모든 일은 '첫 단추'를 잘 채워야 하는 법.
시 피천득, 〈새해〉 한해의 시작, 새해 아침. 마음과 의지를 새롭게 다지는 출발점.

코뿔소

노래 한영애(1988)

작사 이승희

코 힘을 힝힝
뒷다리 힘차게 차고 달린다 코뿔소
뒤돌아볼 것 없어
지나간 일들은 이미 지난 일

저 멀리 봐 저 멀리
앞을 봐 응 코뿔소

코뿔소는 넘어지지 않아
남들은 다리가 둘이어도
코뿔소는 다리가 넷 넷
코뿔소 코뿔소

이 험한 세상
오늘도 달려야 해
우리는 코뿔소
자신의 모든 문제
스스로 헤쳐서 밀고 가야 해

저 멀리 봐 저 멀리
끝까지 응 코뿔소

코뿔소는 누울 수가 없어
한번 누워 버리면은
다시는 일어설 수가 없어
코뿔소 응 코뿔소

코뿔소는 넘어지면 안 돼
아무도 일으켜 주질 않아
이 세상 모두가 남 남 남
코뿔소 응 코뿔소

언제인가 코뿔소가 누운 날
사람들은 코뿔소가 누웠구나
그냥 그러겠지

일어나 코뿔소 모두가
남은 아니야 내가 있잖아
다시 해 봐 눈을 떠라
코뿔소 응 나를 봐

노랫말 읽기

이 노랫말에서 '코뿔소'는 일종의 비유로 쓰이고 있는데, 대중가요에서 좀처럼 노랫말로 잘 쓰이지 않는 코뿔소가 등장하는 것이 무엇보다 흥미롭다. 코뿔소는 힘차게 앞만 보고 쉼 없이 달려간다. 뒤돌아보지 않으며 스스로 헤쳐 나갈 줄 안다. 그뿐만 아니라 멀리 끝까지 보고 달리며, 잘 눕지도 않는다. 넘어져도 곧 벌떡 일어나 달릴 것만 같은 힘찬 코뿔소. 이것이 바로 노랫말에 드러난 코뿔소의 속성이라고 할 수 있다. 화자는 우리가 꿈을 향해 달려갈 때 코뿔소처럼만 하면 된다고 조언한다. 과거에 얽매이지 말고, 눈앞의 이익에 연연해하지 않으며, 누구에게도 의지하지 않고, 절대로 현실에 안주하지 말라고 한다. 또 간혹 실패하더라도 좌절하지 말고 다시 일어나라고 한다.

생각해 보기

- 이 노랫말에 활용된 '코뿔소'의 상징적인 의미를 생각해 보자.
- 이 노랫말의 주제를 고려할 때, 어떤 사람에게 들려주면 좋을지 생각해 보자.

엮어 읽기

시 고은, 〈화살〉 뒤돌아보지 않고 오직 앞으로만 가는, 험한 세상의 '화살'과 '코뿔소'.

시 이육사, 〈절정〉 극한 어려움을 정신적으로 이겨 내려는 화자의 의지에서 희망을 봄.

chapter 4

우리가 앞으로 나아갈
길을 밝히다

— 교육, 통일, 역사, 평화

75점

노래 커피소년(2015)

작사 커피소년

니가 포기했던 이유를 알아
작은 실수에 힘이 빠진 거지
그게 신경이 쓰여서 계속 어긋난 거지

니가 넘어졌던 이유를 알아
긴장해서 힘이 들어간 거지
잘하려고 했는데 오히려 그게 잘 안 됐어

완벽할 수 없어 괜찮아
모자라서 사람인 거야

100점은 불가능하고
90점은 너무 어렵고
75점 정도면 평타지

인생은 장기 레이스야
너무 잘하려고 하지 마
좀 부족해도 괜찮아 넌

그게 매력이야
다시 넘어지겠지 일어서면 돼
다시 넘어지겠지 일어서면 돼

또다시 넘어져도
그까짓 것 하면서
다시 일어서면 돼

좀 부족해도 괜찮아 넌
좀 모자라도 괜찮아 넌
또 넘어져도 괜찮아 넌
그게 매력이야 그게 매력이야 그게 매력이야
그게 니 매력이야

노랫말 읽기

한 개그 프로그램에서 나왔던 유행어가 많은 이의 고개를 끄덕이게 한 적이 있었다. 그것은 바로 "1등만 기억하는 더러운 세상". 언제부턴가 우리는 최고만을 인정하고 추구하는 교육 시스템 속에서 '100점'을 절대 가치로 알고 살아가고 있다. 그러나 과연 만점이라는 목표를 달성하면 우리 삶이 완벽하게 행복할 수 있을까? 완벽을 지나치게 추구하다 보면 '과정'의 즐거움을 놓칠 뿐만 아니라 그것이 실패했을 때 쓰디쓴 좌절감에 휩싸이게 된다. 완벽하지 않아도, 좀 모자라도 괜찮다고 말해 보자. 그래야 일어설 수 있다.

생각해 보기

• 한국 사회에서 '75점'이란 어떤 점수를 의미하는지 생각해 보자.
• 힘들거나 절망했을 때 가장 힘이 되었던 한마디가 무엇이었는지 떠올려 보자.

엮어 읽기

시 김수영, 〈풀〉 일곱 번 넘어져도 여덟 번 일어나는 '풀'의 끈질기고 강인한 정신.
광고 SK 텔레콤 '수험생' 편 대학 불합격이 인생의 실패를 뜻하진 않는다. 실패에 대처하는 법을 배우는 과정이다.
영화 강우석 감독, 〈행복은 성적순이 아니잖아요〉 성적에 따라 행복이 좌우된다고 착각하는 오늘날의 교육 현실.

상자 속 젊음 pt. 2

노래 앤덥(2010)

작사 한별

한국, 과거와 현재 우리들을 위한 노래

학교 갔다 야자하고 또 과제
주말엔 학원 갔다 와서 또 과외
사는 게 지하철 열차 같아
기점에서 종점으로 왔다 갔다
자는 시간도 막차 때쯤
깨는 시간도 대충 첫차 때쯤

쉬엄쉬엄 하라니 모르는 소리 하지 말어
이렇게 해서 중간이라도 하면 고민하지 않어
그만두고 싶어 첫 단추부터 잘못 뀐 듯싶어
입이 얼어붙어서 부모님한텐 아무 말도 못 했어
약해지신 어깨 무너질 것 같애서
꿈을 향해 달리래 여기저기서
장래 희망 말고 내게 꿈이 어딨어
사실 있었지만 이제는 희미하게 멀어져
니가 부럽다 임마

고개 돌려 봐도 온통 어둠
자릴 옮겨 봐도 검은 벽뿐
상자 속 안에 머물긴 싫은데
벌써 이곳에 익숙해지는데

고개 돌려 봐도 온통 어둠
자릴 옮겨 봐도 검은 벽뿐
상자 속 안에 머물긴 싫은데
벌써 이곳에 익숙해지는데

나? 요즘 별일 없어
여전히 별 볼 일 없어
학교 학원에서 멍 때리다가
시간 흘러가는 대로 따라가
종일 시계만 바라봐
어차피 똑같을 하루 skip하고 싶어
그저 그런 내 모습 피하고 싶어
하고 싶은 거? 얻고 싶은 거?
그러고 보니 생각도 안 해 봤네
그저 싫은 것만 많았지
실패한 적 없이 겁만 많았지
나도 너처럼 하고 싶은 거 하며 빛나고 싶어

10년 넘게 중간치기 역할도 지쳐
취업하는 것도 하늘에 별 따기래
SKY 나오고도 종일 학원 다닌대
나 같은 애들은 백수 되기 딱이네
넌 걱정 없지? 나도 랩해 볼까 막 이래

고개 돌려 봐도 온통 어둠
자릴 옮겨 봐도 검은 벽뿐
상자 속 안에 머물긴 싫은데
벌써 이곳에 익숙해지는데

고개 돌려 봐도 온통 어둠
자릴 옮겨 봐도 검은 벽뿐
상자 속 안에 머물긴 싫은데
벌써 이곳에 익숙해지는데

그래 오랜만이네 연락한 것도
연락 못 해 미안해 정신이 없어서
학교에 앨범에 한번에 해내는 게
생각보다 힘이 드네
잠도 요즘엔 다섯 시간쯤밖에 못 자
준비 못 하고 망친 모의고사

성적도 신경 쓰이는데
파도처럼 밀려오는 내일에
어쩔 수 없이 휩쓸리게 돼
야, 수능 준비는 왜 하냐고?
난 대학 안 가나? 바로 군대 가라고?
걱정 없긴 난 두 배로 해
한국의 랩퍼로 또 고딩으로 두개골 깨져
매번 난 된다고 잘난 체하고 다녔더니
다 괜찮아 보이는가 봐
눈앞이 밤보다 깜깜한 오늘이 가도 잠이 안 와

고개 돌려 봐도 온통 어둠
자릴 옮겨 봐도 검은 벽뿐
상자 속 안에 머물긴 싫은데
벌써 이곳에 익숙해지는데

고개 돌려 봐도 온통 어둠
자릴 옮겨 봐도 검은 벽뿐
상자 속 안에 머물긴 싫은데
벌써 이곳에 익숙해지는데

노랫말 읽기

'학교 갔다 야자하고 또 과제, 주말엔 학원 갔다 와서 또 과외'. 자기만의 시간이 없는 우리나라 청소년들의 흔한 모습이다. 아니라고 부정하고 싶지만, 오히려 당연하게 여겨지는 것이 현실이다. 학교 수업은 물론이고 과도하리만치 되풀이되는 학원 및 과외 학습, 갖가지 과제에 이르기까지. 학생들은 자신만의 색깔을 찾거나 장래 희망을 꿈꾸기보다 타의적인 교육 문화에 갇혀 일방적으로 길들여져 가고 있다. 그런 교육 상자에 익숙해져 가는 아이들을 꺼내 주지 못하는 작금의 현실에서 이 노랫말이 던지는 메시지는 어마어마한 돌직구가 아닐 수 없다.

생각해 보기

• 이 노랫말에서 '꿈'과 '장래 희망'의 의미 차이를 생각해 보자.
• 우리나라의 학생들이 갇혀 있는 '상자'가 무엇일지 생각해 보자.

엮어 읽기

시 정일근, 〈바다가 보이는 교실 4〉 자유와 희망의 바다로 나아가고자 하는 강한 열망.

시 김이랑, 〈육아에 관해〉 공허한 이론 교육의 장보다 삶의 현장이 곧 참교육의 공간.

광고 박카스 '대한민국에서 수험생 가족으로 산다는 것' 편 **수험생이 곧** '왕'인 대한민국 가정의 현실.

학교에서 뭘 배워

노래 일리닛(2010)

작사 일리닛

적당히 버무려서 사회로 내보내
어차피 상위 1프로만이 해먹네
헤이 그것 참 괜찮네 소수한테만
나머지는 대참패
대체 왜 그렇게 돌아가는 걸까
보나마나 뻔할 뻔 변함없는 거란 걸
있는 자들은 계속 있고 싶고
없는 자도 있고 싶은데
그렇게 되면 있는 자들은 싫고
있는 자들의 입이 강하니까
절대 바뀌지 않아 바늘구멍이 좁히네
아이쿠 It's high school 꿈을 접어라
재벌 2세 짝꿍 아유 부러워라
돈은 돈을 낳아 돈의 어머니는 누구?
빚 do you know?
학교에서 못 배워 학교에서 못 배워
학교에서는 딴 걸 배워

친구를 밟고 올라서는 방법
남들과 똑같아지는 방법
적당히 거짓말하는 방법
반복 반복 It's a cycle
궁금해하지 않는 방법
폭력에 익숙해지는 방법
몰래 숨어서 조는 방법
반복 반복 It's a cycle

전국 명문대는 너무 부족해
그리고 넘쳐나는 것은 수험생
대학 평균 신입생 정원은 정해져 있는데
떨어진 나머지 사람들은 어떡해
전국 주요 대 여러 개로 따져도
대부분은 벼랑으로 몰리고
지방 전문대도 교육인데도
뽑지 않고 무시하는 사회 풍토
얼굴도 뜯어고치는데
이런 건 못 고쳐 why
고쳐 봐 우리 학습 관습은 악습 안습
성적으로 판단하는 습관
자유를 원해 자유를 원해

여신상처럼 한 손을 드네
나는 자유를 원해 자유를 원해
학교에서는 뭘 배우니

친구를 밟고 올라서는 방법
남들과 똑같아지는 방법
적당히 거짓말하는 방법
반복 반복 It's a cycle
궁금해하지 않는 방법
폭력에 익숙해지는 방법
몰래 숨어서 조는 방법
반복 반복 It's a cycle

노랫말 읽기

'금수저, 흙수저'에 관한 논란이 그대로 담긴 노랫말. 금수저를 물고 태어난 이는 부와 권력을 어렵잖게 재생산하여 더 많은 것을 소유하고, 흙수저를 물고 태어난 이는 꿈을 접어야 할 정도로 절대 바뀌지 않는 비참한 삶을 살아가게 된다. 이 노랫말은 우리 사회에 만연한 학벌주의의 문제도 다루고 있다. 명문 대학과 지방 대학이라는 이분법적 사고방식 안에서 모든 것이 성적과 학벌로 평가받는 사회. 이런 상황에서 학교에서 배우는 것은 허망한 것일 수밖에. 이런 현실을 앞에 두고 학교에서 가르쳐야 할 것은 (설사 그것이 비윤리적이고 불법적이더라도) 무한 경쟁에서 살아남는 방법이 아닐까. 이렇게 생각하는 화자의 목소리에는 자조가 섞여 있다. 가장 큰 문제는 이 모든 사회 문제가 고착화되어 '사이클(cycle)'처럼 무한 반복되고 있다는 점이다. 우리는 언제쯤 이 쳇바퀴 같은 악습의 굴레에서 벗어날 수 있을까?

생각해 보기

• 우리가 진정으로 학교에서 배워야 할 것은 무엇일지 생각해 보자.
• 우리 사회의 양극화 문제를 어떻게 해결할 수 있을지 생각해 보자.

엮어 읽기

시 김명수, 〈하급반 교과서〉 획일화된 교육에 대한 문제 제기.
소설 최시한, 〈반성문을 쓰는 시간〉 우리 교육 현장의 모습을 신랄하게 비판.
영화 피터 위어 감독, 〈죽은 시인의 사회〉 키팅 선생님의 새로운 도전, 이것이 참교육의 본보기가 될 수 있을까?

자유에 관하여

노래 김건모(1997)

작사 이승호

가끔씩 세상을 바로 보고 싶지 않을 땐
두 팔로 지구를 들어 봐
발밑의 하늘엔 하얀 새가 날아다니고
나보다 높은 건 없어

저기 거꾸로 매달린 빌딩들 그 속에 많은 사람들
저마다 심각한 고민에 빠져 살지만
모두 다 꿈은 꾸지
Why don't you make it

아무리 세상을 바로 살아가고 싶어도
화나는 일들이 있지
Why don't you try it
그럴 땐 나처럼 세상을 뒤집어서 바라봐
거꾸로 세상 웃길 뿐이야

커튼을 가리고 어둠 속에 한번 있어 봐
그냥 잠이 오면 자고 하고 싶은 생각들을 마음대로 해 봐

낮인지 밤인지 시간들도 모두 지워 봐
느낌이 어떨 것 같아

어떤 누구도 날 찾을 수 없게 세상에 나를 감춰 봐
그렇게 며칠만 보내면 알 수 있을 거야
자유가 무엇인지
Why don't you find it
도대체 찾는 게 뭔데 이리저리 헤매나
모두가 부질없는 걸
Why don't you stand up
어쩔 수 없다며 흘러가는 시간 속에서 모두 똑같이
Why don't you love it
한 번도 자신을 사랑해 보지 못하고
Why don't you love it
어떤 사랑을 원해
Why don't you forget
하늘의 새처럼 정말 자유롭길 원하면
너의 기억을 지워 버려

어차피 너의 삶은 너 아닌 누구도 대신할 수 없어
널 지킬 수 있는 건 너뿐이란 걸⋯⋯

노랫말 읽기

"감옥 밖에 있어도 구속된 존재일 수가 있고, 감옥 안에서도 자유로울 수 있다." 이 말은 베트남의 승려인 틱낫한이 '진정한 자유'에 대해 남긴 말이다. 우리는 흔히 남에게 간섭받지 않고 내 마음대로 행할 수 있는 것을 자유라고 생각한다. 그러나 아무런 간섭과 구속이 없으면 정녕 자유로울까? 무질서한 자유는 '소외'의 다른 이름일 수도 있다. 간섭과 구속이 없는 자유는 방황과 두려움, 자기 책임을 망각한 도피를 불러올 수도 있기 때문이다. '누구도 내 삶을 대신할 수 없고, 나만이 자신을 지킬 수 있다'는 이 노랫말의 구절처럼 먼저 '나 자신을 세우는 것', 그것이 진정 행복한 자유를 만끽하는 첫걸음이 아닐까.

생각해 보기

• 진정한 자유란 무엇인지 생각해 보자.
• 자신의 생활에서 가장 자유롭다고 느껴지는 때가 언제인지 생각해 보자.

엮어 읽기

시 한용운, 〈복종〉 자발적인 복종은 자유보다 달콤하다는 역설.
시 김소월, 〈옷과 밥과 자유〉 인간의 기본적인 생존 권리는 옷과 밥, 그리고 자유.
영화 임순례 감독, 〈남쪽으로 튀어〉 남과 다른 시각, 자유로움을 만끽할 수 있다.

소격동

노래 서태지 (2014)

작사 서태지

나 그대와 둘이 걷던
그 좁은 골목 계단을 홀로 걸어요
그 옛날의 짙은 향기가
내 옆을 스치죠

넌 떠나는 날 사실 난……
등 밑 처마 고드름과 참새 소리 예쁜
이 마을에 살 거예요
소격동을 기억하나요
지금도 그대로 있죠

아주 늦은 밤 하얀 눈이 왔었죠
소복이 쌓이니 내 맘도 설렜죠
나는 그날 밤 단 한숨도 못 잤죠
잠들면 안 돼요
눈을 뜨면 사라지죠

어느 날 갑자기

그 많던 냇물이 말라 갔죠
내 어린 마음도 그 시냇물처럼
그렇게 말랐겠죠

너의 모든 걸 두 눈에 담고 있었죠
소소한 하루가 넉넉했던 날
그러던 어느 날 세상이 뒤집혔죠
다들 꼭 잡아요
잠깐 사이에 사라지죠

잊고 싶진 않아요 하지만 나에겐
사진 한 장도 남아 있지가 않죠
그저 되뇌면서 되뇌면서
나 그저 애를 쓸 뿐이죠

아주 늦은 밤 하얀 눈이 왔었죠
소복이 쌓이니 내 맘도 설렜죠
나는 그날 밤 단 한숨도 못 잤죠
잠들면 안 돼요
눈을 뜨면 사라지죠

노랫말 읽기

유년 시절을 떠올려 보면, 나와 같은 시간을 보냈던 이들과 함께했던 '장소'가 하나의 풍경처럼 펼쳐지기 마련이다. 소격동은 시골 마을의 소박한 인정이 가득했던 곳으로, 누군가에겐 추억의 장소로 기억된다. 현재는 화랑이나 카페, 상점 등이 하나둘씩 들어서면서 관광지로의 탈바꿈이 진행 중이기도 하다. 그러나 무엇보다 기억해야 할 것은, 소격동이 아픈 역사를 품고 있는 곳이라는 것. 상업화가 되기 이전 소격동에는 군사 시설인 국군기무사(전 보안사령부)가 오랫동안 있었으며, 당시 소격동 주민들은 군사 정권의 폭력에 숨죽이며 살아야 했다. 소격동의 역사가 은유적으로 표현되어 있는 이 노래를 뮤직비디오와 함께 감상해 보는 것도 한 묘미가 된다.

생각해 보기

• 유년 시절을 보냈던 공간의 모습이 완전히 탈바꿈을 한다면 어떨지 생각해 보자.
• '어느 날 세상이 뒤집혔죠'가 의미하는 바를 군사 정권 시대와 관련하여 생각해 보자.

엮어 읽기

시 정지용, 〈고향〉 변해 버린 고향, 과거의 추억을 잃어버린 상실감.
소설 조세희, 〈난장이가 쏘아올린 작은 공〉 무자비한 철거, 세상이 무너져 내리는 심정.
영화 이준익 감독, 〈황산벌〉 / 임찬상 감독, 〈효자동 이발사〉 / 강우석 감독, 〈실미도〉 그 지역과 관련한 역사적 사건.

외롭지 않은 섬

노래 오지총, 안치환(2006)

작사 오지총

이 땅 아침을 밝히는 섬이여
푸르른 바다 위에 외로운 이름을 간직한
수천만 세월의 파도와 거센 바람을 이겨 낸
우리와 닮은 작지만 강한 섬이여
그 소중한 꿈 간직한 사랑 그대로
우리의 핏줄이 닿아 있는 너
너를 위해 노래하리니
추한 욕심과 더러운 손이
닿지 않는 그날까지 언제나
너의 곁엔 우리가 있으니
더 이상 너의 이름은 외로운 섬이 아니리
거짓 없는 역사와 평화의 땅으로 다시 태어나
하나 된 세상 가득한 커다란 꿈을 담아낼
우리가 이젠 너의 곁에서 너를 지켜 주리라

작은 새들의 고단한 날개를 안아 주는 섬이여
따뜻한 사랑을 간직한
거대한 바다를 향한 꿈 펼칠 수 있게

아낌없이 내어 준 내 부모를 닮은 섬이여
그 소중한 꿈 간직한 사랑 그대로
우리의 핏줄이 닿아 있는 너
너를 위해 노래하리니
추한 욕심과 더러운 손이 닿지 않는 그날까지
언제나 너의 곁엔 우리가 있으니
더 이상 너의 이름은 외로운 섬이 아니리
거짓 없는 역사와 평화의 땅으로 다시 태어나
하나 된 세상 가득한 커다란 꿈을 담아낼
우리가 이젠 너의 곁에서 너를 지켜 주리라

더 이상 너의 이름은 외로운 섬이 아니리
거짓 없는 역사와 평화의 땅으로 다시 태어나
하나 된 세상 가득한 커다란 꿈을 담아낼
우리가 이젠 너의 곁에서 너를 지켜 주리라
더 이상 외롭지 않게

노랫말 읽기

망망대해에 홀로 잠겨 있는 섬은 너무 작아 외로워 보인다. 그래서 그 섬의 이름은 '독도(獨島)'가 되었다. 그러나 독도는 작지만 강한 섬이다. 숱한 '추한 욕심과 더러운 손'이 역사의 풍파처럼 스쳐 갔어도 흔들리지 않고 꿋꿋이 동해를 지키고 있지 않은가. 독도는 바야흐로 '거짓 없는 역사'를 증명하고 평화와 통일의 꿈을 이루어 줄 소중한 존재로 자리매김하고 있다. 소중하기에 우리가 반드시 지켜 내야 할 섬이기도 하다. 독도는 이제 '외롭지 않은 섬'이다.

생각해 보기

- 독도를 '부모를 닮은 섬'이라고 노래하고 있다. 독도가 이 밖에 또 무엇을 닮았는지 생각해 보자.
- 우리가 일상에서 독도를 외롭지 않게 하는 구체적인 방법은 무엇일지 생각해 보자.

엮어 읽기

시 이용악, 〈두만강 너 우리의 강아〉 두만강을 두고 떠나야 하는 화자의 외로움.

시 황지우, 〈무등〉 역사의 풍랑 속에서도 우리를 지키는 어머니 같은 산.

No More Terror

무엇이 그들을 그토록
화나게 했는가
무엇이 그들을 그토록
잔인하게 했나
무엇을 위해 그들은
그 많은 고통을 택했나
우리들의 하늘은
왜 이리도 말이 없는가

그 어떤 이유라 해도
그 어떤 분노라 해도
아무런 죄가 없는 사람들을
희생시켜서는 안 돼
모든 게 사라지면
그들 또한 쓰러질 텐데
왜 자꾸만 모든 것을
파괴하려 하는 건지 몰라

죽어 가는 저 사람들
그들에게 무슨 죄가 있는지
단 한 번만 그들을 생각해 봐
이토록 아름다운 세상에
왜 모두 파괴하려 하는가

누구의 외침에 진실이 있는지 몰라도
그들이 선택한 것은
아무 의미 없는 것
누구를 위해 그들은
그 많은 고통을 택했나
그 날의 하늘은
왜 그리도 파랬었던가

그 어떤 이유라 해도
그 어떤 분노라 해도
아무런 죄가 없는 사람들을
희생시켜서는 안 돼
모든 게 사라지면
그들 또한 쓰러질 텐데
왜 자꾸만 모든 것을
파괴하려 하는 건지 몰라

죽어 가는 저 사람들
그들에게 무슨 죄가 있는지
단 한 번만 그들을 생각해 봐
이토록 아름다운 세상에
왜 모두 파괴하려 하는가

노랫말 읽기

모든 것을 속절없이 파괴시키고 마는 테러. 전 지구적으로 발생하는 테러에 대응하기 위해 세계의 열강은 한때 특정 국가를 '악의 축'으로 규정하며 '테러와의 전쟁'을 선포하기도 했다. 그러나 테러가 줄어들기는커녕 더욱더 빈번하게, 그리고 더 파괴적이고 악랄하게, 때와 장소를 가리지 않고 무차별적으로 발생하고 있어 테러가 주는 공포감은 오히려 더 커지고 있다. 테러리스트가 아무리 거창한 명분을 내세우고 진실을 외친다고 하더라도, 죄 없는 사람들의 희생을 담보하는 한 그들이 저지르는 테러는 어떤 정당성도 없다고 노랫말 속 화자는 목 놓아 규탄하고 있다.

생각해 보기

- 이 노랫말에서 '하늘'이 상징하는 것은 무엇일까?
- '테러'가 인류에게 '전쟁'보다 더 가혹한 이유가 무엇인지 말해 보자.

엮어 읽기

시 정한모, 〈나비의 여행〉 전쟁의 폭력성과 참혹함에 희생되어서는 안 될 죄 없는 존재들이 있다.

시 신석정, 〈아직 촛불을 켤 때가 아닙니다〉 순수하고 평화로운 세계에 대한 동경.

영화 스티븐 스필버그 감독, 〈뮌헨〉 테러에 의한 복수는 또 다른 복수를 낳을 뿐.

…라구요

노래 강산에 (1993)

작사 강산에

두만강 푸른 물에 노 젓는 뱃사공을
볼 수는 없었지만
그 노래만은 너무 잘 아는 건
내 아버지 레파토리
그중에 십팔번이기 때문에
십팔번이기 때문에

고향 생각나실 때면
소주가 필요하다 하시고
눈물로 지새우시던 내 아버지
이렇게 얘기했죠
죽기 전에 꼭 한 번만이라도
가 봤으면 좋겠구나
라구요

눈보라 휘날리는 바람 찬 흥남부두
가 보지는 못했지만
그 노래만은 너무 잘 아는 건

내 어머니 레파토리
그중에 십팔번이기 때문에
십팔번이기 때문에

남은 인생 남았으면
얼마나 남았겠니 하시고
눈물로 지새우시던 내 어머니
이렇게 얘기했죠
죽기 전에 꼭 한 번만이라도
가 봤으면 좋겠구나
라구요

노랫말 읽기

고향이 있어도 고향 땅을 밟을 수 없는 이들이 있다. 이름하여 북한을 고향으로 둔 실향민들. 한국 전쟁으로 인해 고향과 일가친척을 잃고 당시의 삶을 송두리째 뿌리 뽑힌 그들은 지난한 역경을 헤쳐 온 한국 현대사의 산증인이자 역사이기도 하다. 그런데 분단이 지속되면서 실향민들은 나이가 들어 점차 우리 곁을 떠나고 있다. 그것이 '꼭 한 번만이라도'라는 노랫말을 힘주어 부를 수밖에 없는 이유이다. 실향민들이 가슴에 품은 고향에 대한 그리움은 단순한 향수 차원을 넘어선다. 그 밑바탕에는 고향 회복, 즉 상실된 낙원 회복에 대한 소망이 내재되어 있으며, 더 나아가 민족과 역사 회복에 대한 염원이 반영되어 있다.

생각해 보기

• 이 노랫말 속 화자의 부모님이 즐겨 부르는 애창곡이 함축하고 있는 의미가 무엇인지 생각해 보자.
• 자신의 고향 모습 가운데 어떤 것이 먼 훗날 그리움의 표상이 될지 생각해 보자.

엮어 읽기

시 이시영, 〈마음의 고향〉 이 시대의 망향가. 마음과 추억 속에 살아 있는 나의 고향.

소설 박경리, 《시장과 전장》 한국 전쟁, 삶의 터전과 가족을 앗아 간 가혹한 민족의 수난.

방송 EBS 〈지식채널 e〉 '아주 오래된 소원' 편 북에 두고 온 아들을 그리다 세상을 떠난 이산가족의 한.

철망 앞에서

노래 김민기(1993)

작사 김민기

내 맘에 흐르는 시냇물
미움의 골짜기로
물살을 가르는 물고기 떼
물 위로 차오르네

냇물은 흐르네
철망을 헤집고
싱그런 꿈들을 품에 안고
흘러 굽이쳐 가네

저 건너 들에 핀 풀꽃들
꽃내음도 향긋해
거기 서 있는 그대
숨소리 들리는 듯도 해

이렇게 가까이에
이렇게 나뉘어서
힘없이 서 있는

녹슨 철조망을
쳐다만 보네

빗방울이 떨어지려나
들어 봐 저 소리
아이들이 울고 서 있어
먹구름도 몰려와

자 총을 내리고
두 손 마주 잡고
힘없이 서 있는
녹슨 철조망을
걷어 버려요

저 위를 좀 봐
하늘을 나는 새
철조망 너머로
꽁지 끝을 따라 무지개
네 마음이 오는 길

새들은 날으게
냇물도 흐르게

풀벌레 오가고
바람은 흐르고
마음도 흐르게

자 총을 내리고
두 손 마주 잡고
힘없이 서 있는
녹슨 철조망을
걷어 버려요

녹슬은 철망을 거두고
마음껏 흘러서 가게
녹슬은 철망을 거두고
마음껏 흘러서 가게
녹슬은 철망을 거두고
마음껏 흘러서 가게

노랫말 읽기

화자가 서 있는 '철망 앞'은 남쪽과 북쪽을 갈라놓은 휴전선 철책이 있는 곳이다. 철망은 물리적으로 국토를 반으로 갈라놓아서 서로가 교류할 수 없는 장애물로 기능하고 있다. 하지만 '냇물'이 철망을 헤집고 북쪽으로 흘러가듯 화자의 마음속 '시냇물'도 '싱그런 꿈'을 안고 철망을 지나 흘러간다. 이렇게 마음이 그쪽으로 향하니 그곳에 있는 '꽃내음'도 느껴지고, 사람들의 '숨소리'도 들려온다. 이때 화자의 마음속에서 '녹슨 철조망'을 걷어 버리고 싶다는 소망이 피어난다. 그리고 마침내 철조망 위를 자유롭게 날아가는 새를 바라보며 남과 북이 서로 화합하는 희망의 무지개를 목격한다. 지금은 총을 버리고 손을 맞잡아야 하는 평화의 시대이다.

생각해 보기

- '빗방울'과 '먹구름'이 함축하고 있는 의미가 무엇인지 생각해 보자.
- '철조망'이 녹슬었다고 하거나 '힘없이 서 있'다고 표현한 화자의 의도를 생각해 보자.

엮어 읽기

시 박봉우, 〈휴전선〉 휴전선을 소재로 남북의 화해와 통일을 바람.

소설 황순원, 〈학(鶴)〉 남북 이념 대립의 희생자, 그리고 그들의 화해를 이끌어 낸 새(=학)에 대한 이야기.

영화 박찬욱 감독, 〈공동경비구역 JSA〉 이념의 경계선에서 서로 다른 곳에 서 있는 두 사람. 그들을 합쳐 놓은 것은 함께 나누었던 진실한 마음이 아니었을까.

통일로 가는 길

노래 김진표, 허니패밀리(1999)

작사 이희성, 양창익, 이정관

잘나가는 H모 그룹에서
높은 쭈그렁 아저씨 눈을 부릅뜨더니
북을 왔다 갔다 갔다 하더니
금세 이루어진 금강산 관광 정말 장관
하지만 통일이란 모두 아는 듯이 너무 난관
저 아저씨 했던 듯이 마치 미친 듯이
노력하면 될 거야 반드시

모두가 나란하게 누워 있는 이곳
수백 개 묘비만 남은 텅 빈 이곳에
저기 저기 무덤 앞 무덤덤한 마음으로 앉아 있는
한 할머니의 한 맺힌 소리
그 누구를 탓하는 것도 아닌 그저 분단된 조국의
한 맺힌 통곡의 소리 아픔의 소리 이제 그쳐
우리가 원하는 통일을 다 함께 외쳐 봐

옹기종기 모여서 간다
우리나라 산 금강산으로

밟았다 우리 금강산
으싸! 으싸! 으싸! 으싸!
고향 땅을 밟았다
50년의 한을 풀었다
에헤라 디야 에헤라 디야
에헤라 디야 에헤라 헤야

난 태어났어
난 봤어 둘이 되어 있어
난 원래 둘인 줄 알고 있었지
하지만 이게 웬걸
뭉치지 못하고 지지고 볶고 싸워
어차피 나중에 하나가 될 걸
괜히 힘 빼고 있어
우린 한 가족이야
이념 뭐 어쩌고 그런 쓸데없는
생각 접고 그냥 같이 살자

들어 봐 봐 봐 내 얘길 들어 봐
모두 한창 나이 되면 열심히 일해야 하는데
뭐 좀 해 보려고 하면
또 또 군대를 가야 되고
좀 잘나가게 될 만하면 군대 걱정 하고

또 통일 돼야 우리나라 좋은 나라 되고
내 머리 자꾸 빠질 걱정 그만해도 되고
나 군대 가기 싫어 빨리 통일돼야 되고
그리고 북한 여자
내가 한번 만나 볼 수 있고

금강산 찾아가자 일만 이천 봉
우리들 모두 다 말만 하네
그러다 결국 이루어진 모양인가 봐요
고럼 우리가 누구지
장하다 대한민국 장하다 백의민족
에라 이 사람들아 내 말 들어 보소
오늘 일 오늘 잊고 내일 또
다 같은 핏줄 민족끼리
서로의 목에 총칼을 들이대고
나날이 말만 해쌓는구려

매일매일 오늘도 해는
뜨고 또 지고 또 떠서
이러쿵쿵 저러쿵쿵 해서
세월은 자꾸만 흘러 흘러 흘러가고
또 이렇게 해서 반세기란 시간이
뚝 한없이 흘러만 갔다

되돌릴 수 없는 우리의 과거로 남아 있는
우리의 염원 통일 그때는 언제일까
내 생애 통일 되는 거 못 보고
설마하니 이거 나 눈 감는 거는 아니겠지

너무나도 오랫동안 기다려 왔다 가출 통일
50년 전 어느 날 자고 일어나니 통일이가 없어졌다
난 50년 동안 전국을 누비며 통일을 찾아 3만 리
여기를 봐도 저기 봐도
통일이는 절대로 보이지가 않네
나 참나 어디 갔니
통일이를 보신 분은 제발 연락 주세요

에헤이야라 디야
세상에 하늘이 열린 지 어느덧 반만년
단기로 1580815일
비로소 이 한밭 저 동쪽 끝에
반만 뜨던 태양 그 빛을 얻어
서로 다른 바의 이념적 생각으로 인해
갈라진 이 민족 이 땅에
꿈이 실현되는 순간 1998년
나 나 나 우리 민족 염원의
희망의 닻을 올린다

노랫말 읽기

1998년 11월 18일은 역사적인 '금강산 관광'이 시작된 날이다. 그 이전
까지 금강산에 발을 디딘다는 것은 통일이 되어서야 가능할 것으로 알
았던 국민들에게, 금강산 관광의 개시는 마치 통일이 코앞에 닥친 것
같은 착각을 불러일으키기에 충분한 사건이었다. 이 노래는 통일의 분
위기가 무르익은 그 시기에 나왔다. 젊은 감각의 힙합 가수가 통일을
노래했다는 점에서 흥미롭고, 이 노래가 함의한 통일에 대한 염원이
우리 시대에도 여전히 유효하다는 점에서 눈여겨볼 만하다. '50년'이
넘도록 '가출'해 버린 '통일이'가 어서 집으로 돌아와 주기를 바라는 화
자의 표현이 재미있다.

생각해 보기

• '통일'이 된다면 나에게는 어떤 점에서 유익할지 생각해 보자.
• '통일'을 주제로 한 노래를 만들어 부르는 것이 통일을 앞당기는 데
  어떤 도움이 될지 생각해 보자.

엮어 읽기

시 심훈, 〈그 날이 오면〉 우리가 기다리는 그 날. 간절히 기다리는 마음
  은 매한가지.
현대 시조 정완영, 〈조국〉 가야금의 애절한 선율을 타고 흐르는 조국에
  대한 사랑과 분단의 한.
영화 박광현 감독, 〈웰컴 투 동막골〉 남과 북이 판타지처럼 만나 아름답
  게 화해하는 공간.

발해를 꿈꾸며

노래 서태지와 아이들(1994)

작사 서태지

진정 나에겐 단 한 가지 내가 소망하는 게 있어
갈려진 땅의 친구들을 언제쯤 볼 수가 있을까
망설일 시간에 우리를 잃어요
한민족인 형제인 우리가 서로를 겨누고 있고
우리가 만든 큰 욕심에 내가 먼저 죽는 걸
진정 너는 알고는 있나 전 인류가 살고 죽고
처절한 그날을 잊었던 건 아니었겠지
우리 몸을 반을 가른 채 현실 없이 살아갈 건가
치유할 수 없는 아픔에 절규하는 우릴 지켜 줘

시원스레 맘의 문을 열고 우리와 나갈 길을 찾아요
더 행복할 미래가 있어 우리에겐

언젠가 나의 작은 땅에 경계선이 사라지는 날
많은 사람이 마음속에 희망들을 가득 담겠지
난 지금 평화와 사랑을 바래요
젊은 우리 힘들이 모이면 세상을 흔들 수 있고
우리가 서로 손을 잡은 것으로 큰 힘인데

우리 몸을 반을 가른 채 현실 없이 살아갈 건가
치유할 수 없는 아픔에 절규하는 우릴 지켜 줘
갈 수 없는 길에 뿌려진 천만인의 눈물이 있어
나에겐 갈 수도 볼 수도 없는가

저 하늘로 자유롭게 저 새들과 함께 날고 싶어
우리들이 항상 바라는 것 서로가 웃고 돕고 사는 것
이젠 함께 하나를 보며 나가요

노랫말 읽기

언제쯤 한반도의 허리를 가로지른 휴전선이 철거되어 '백두에서 한라까지' 자유롭게 왕래할 수 있을까? 한국은 세계에서 유일한 분단국가이다. 여전히 현재 진행 중인 분단의 비극. 우리의 역사상 통일신라와 발해가 남북으로 마주했던 천여 년 전의 시대를 1차 남북국 시대라 칭한다면, 현재의 남한과 북한은 2차 남북국 시대에 놓여 있다고 할 수 있다. 그런데 이 노래는 '발해'를 내세워 남북통일을 꿈꾸고 있다. 발해는 지금의 북한과 중국의 동북 지방(만주), 러시아의 극동 지방(연해주)까지 광활하게 걸쳐 있던 나라이다. 남북의 엇갈린 운명을 하나로 돌이키길 바라는 염원, 통일에의 염원을 왜 발해라는 나라에 담아냈는지 생각하면서 노랫말을 음미해 보는 것이 감상의 포인트가 될 수 있다.

생각해 보기

- 통일의 염원이 '발해를 꿈꾸며'라는 제목으로 표현된 이유가 무엇일지 생각해 보자.
- 한민족이 처한 현실에 비추어 노랫말 속 '새'가 상징하는 것이 무엇일지 생각해 보자.

엮어 읽기

시 류근삼, 〈단풍〉 남북을 넘나드는 단풍과 대비되는 우리의 현실.

시 홍희표, 〈금빛 은빛〉 이 땅의 산하를 남북 구별 없이 자유로이 오가는 민들레 꽃씨.

영화 박찬욱 감독, 〈공동경비구역 JSA〉 분단의 비극적 현실을 뛰어넘은 남북한 군인의 우정.

chapter 5

이 땅의 누구에게나
행복을 허락하라

— 경제, 정치, 국가

위잉위잉

노래 혁오(2014)

작사 오혁

비틀비틀 걸어가는 나의 다리
오늘도 의미 없는 또 하루가 흘러가죠
사랑도 끼리끼리 하는 거라 믿는 나는
좀처럼 두근두근거릴 일이 전혀 없죠

위잉위잉 하루살이도
처량한 나를 비웃듯이 멀리 날아가죠
비잉비잉 돌아가는 세상도
나를 비웃듯이 계속 꿈틀대죠

Tell me Tell me, Please don't tell
차라리 듣지 못한 편이 내겐 좋을 거야
Tell me Tell me, Please don't tell
차라리 보지 못한 편이 내겐 좋을 거야

사람들 북적대는 출근길의 지하철엔
좀처럼 카드 찍고 타 볼 일이 전혀 없죠
집에서 뒹굴뒹굴 할 일 없어 빈둥대는

내 모습 너무 초라해서 정말 죄송하죠

위잉위잉 하루살이도
처량한 나를 비웃듯이 멀리 날아가죠
비잉비잉 돌아가는 세상도
나를 비웃듯이 계속 꿈틀대죠

쌔앵쌔앵 칼바람도
상처 난 내 마음을 어쩌지는 못할 거야
뚜욱뚜욱 떨어지는 눈물이
언젠가는 이 세상을 덮을 거야

Tell me Tell me, Please don't tell
차라리 듣지 못한 편이 내겐 좋을 거야
Tell me Tell me, Please don't tell
차라리 보지 못한 편이 내겐 좋을 거야
Tell me Tell me, Please don't tell
차라리 느껴 보지 못한 편이 좋을 거야
Tell me Tell me, Please don't tell
차라리 살아 보지 못한 편이 좋을 거야

비틀비틀 걸어가는 나의 다리

오늘도 의미 없는 또 하루가 흘러가죠
사랑도 끼리끼리 하는 거라 믿는 나는
좀처럼 두근두근거릴 일이 전혀 없죠

위잉위잉 하루살이도
처량한 나를 비웃듯이 멀리 날아가죠
비잉비잉 돌아가는 세상도
나를 비웃듯이 계속 꿈틀대죠

노랫말 읽기

"19세는 방송국에 연예인 보러 가지만, 20세는 방청객 아르바이트 하러 간다. 19세는 신체검사를 받고, 20세는 신검을 받는다." 인터넷에서 '19세와 20세의 차이'라는 게시물이 큰 주목을 받았다. 19세와 20세는 한 살 차이밖에 나지 않지만, 아이와 어른이라는 구분점을 기준으로 본다면 천양지차라 할 수 있다. 이 노래는 작사가 오혁이 밝힌 바 있듯, 미성년의 끝자락과 성년을 시작하는 출발 기로에서 갖게 되는 불안과 방황 심리를 담아냈다. 설렘으로 가득할 것만 같은 스무 살. 그러나 한국 사회는 어른이 되는 순간, 마음에 지워지는 짐의 무게가 막중하다. '비틀비틀, 초라한, 처량한' 등이 표상하는 사회 초년생들의 녹록치 않은 현실. 그들을 더욱 의기소침하게 하는 것은 미처 준비가 덜 되어 있다고 인색하게만 구는 사회적 인심이 아닐는지.

생각해 보기

• 이 노랫말 속 화자는 우리 사회의 어떤 계층을 대변할까?
• 화자가 이 세상에 대해 '차라리 듣지 못한 편, 보지 못한 편이 좋을 거'라고 말하는 이유는 무엇일까?

엮어 읽기

시 신경림, 〈가난한 사랑 노래〉 사랑도 끼리끼리? 사랑을 버려야 하는 가난한 젊은이의 아픈 현실.
드라마 KBS 〈불멸의 이순신〉 흔들리는 젊은이들, 이순신을 만나라.
영화 정재은 감독, 〈고양이를 부탁해〉 달콤한 꿈을 꾼 스무 살 그녀들, 쓸쓸한 사회를 알아 가다.

졸업

노래 브로콜리 너마저(2010)

작사 덕원

그 어떤 신비로운 가능성도
희망도 찾지 못해 방황하던 청년들은
쫓기듯 어학연수를 떠나고
꿈에서 아직 덜 깬 아이들은
내일이면 모든 게 끝날 듯
짝짓기에 몰두했지

난 어느 곳에도 없는 나의 자리를 찾으려
헤매었지만 갈 곳이 없고
우리들은 팔려 가는 서로를 바라보며
서글픈 작별의 인사들을 나누네

이 미친 세상에 어디에 있더라도 행복해야 해
넌 행복해야 해 행복해야 해
이 미친 세상에 어디에 있더라도 잊지 않을게
잊지 않을게 널 잊지 않을게

낯선 풍경들이 지나치는 오후의 버스에서 깨어

방황하는 아이 같은 우리
어디쯤 가야만 하는지 벌써 지나친 건 아닌지
모두 말하지만 알 수가 없네

난 어느 곳에도 없는 나의 자리를 찾으려
헤매었지만 갈 곳이 없고
우리들은 팔려 가는 서로를 바라보며
서글픈 작별의 인사들을 나누네

이 미친 세상에 어디에 있더라도 행복해야 해
넌 행복해야 해 행복해야 해
이 미친 세상에 어디에 있더라도 잊지 않을게
잊지 않을게 널 잊지 않을게

이 미친 세상에
이 미친 세상을 믿지 않을게
이 미친 세상에
이 미친 세상을 믿지 않을게

노랫말 읽기

청년 실업이 증가하여 이른바 '청년 백수'가 넘쳐나는 시대에 살고 있다. 이런 세태를 반영하듯 비정규직 알바로 생계를 이어 가는 '88만원 세대', 20대 태반이 백수라는 의미의 '이태백' 등의 신조어가 만들어지기도 하였다. 졸업 후에도 백수가 되어 버리는 현실 앞에서 직장을 구하지 못하여 고통 받는 청년들에게 사회로 진출하는 첫 관문인 졸업이 그다지 달갑지만은 않다. 이 노랫말 속 화자는 이런 현실에 대해 '미친 세상'이라고 일침하며 비판적인 시선을 견지한다. 이런 '미친 세상'에 살더라도 '행복해야' 한다고 청년들을 다독이는 화자의 목소리가 청년들에게 자그마한 위로가 되어 주기를 바랄 뿐.

생각해 보기

• 풍자성을 띄고 있는 '짝짓기', '팔려 가는'이라는 표현에 담긴 비판적 의미를 생각해 보자.
• '미친 세상'이 되어 버린 현실은 누가 어떻게 해결할 수 있을까?

엮어 읽기

시 김소월, 〈길〉 갈 길을 모르고 방황하는 화자의 서글픔과 비애.
소설 이문열, 〈젊은 날의 초상〉 "절망이야말로 가장 순수하고 치열한 정열이다."
영화 엄태화 감독, 〈잉투기〉 잉여가 되어 버린 청춘들의 고뇌와 방황.

싸구려 커피

노래 장기하와 얼굴들(2008)

작사 장기하

싸구려 커피를 마신다
미지근해 적잖이 속이 쓰려 온다
눅눅한 비닐 장판에 발바닥이
쩍 달라붙었다 떨어진다
이제는 아무렇지 않어
바퀴벌레 한 마리쯤 슥 지나가도
무거운 매일 아침엔 다만
그저 약간의 기침이 멈출 생각을 않는다

축축한 이불을 갠다
삐걱대는 문을 열고 밖에 나가 본다
아직 덜 갠 하늘이 너무 가까워
숨 쉬기가 쉽지 않다
수만 번 본 것만 같다
어지러워 쓰러질 정도로 익숙하기만 하다
남은 것도 없이 텅 빈 나를 잠근다

싸구려 커피를 마신다

미지근해 적잖이 속이 쓰려 온다
눅눅한 비닐 장판에 발바닥이
쩍 하고 달라붙었다가 떨어진다

뭐 한 몇 년간 세숫대야에
고여 있는 물마냥 그냥
완전히 썩어 가지고
이거는 뭐 감각이 없어
비가 내리면 처마 밑에서
쭈그리고 앉아서
멍하니 그냥 가만히 보다 보면은
이거는 뭔가 아니다 싶어
비가 그쳐도 히끄무르죽죽한 저게
하늘이라고 머리 위를
뒤덮고 있는 건지
저거는 뭔가 하늘이라고 하기에는
뭔가 너무 낮게
머리카락에 거의 닿게
조금만 뛰어도 정수리를 꿍 하고
찧을 것 같은데
벽장 속 제습제는
벌써 꽉 차 있으나 마나

모기 때려잡다 번진
피가 묻은 거울을
볼 때마다 어우 약간 놀라
제멋대로 구부러진 칫솔 갖다
이빨을 닦다 보면은
잇몸에 피가 나게 닦아도
당최 치석은 빠져나올 줄을 몰라
언제 땄는지도 모르는 미지근한 콜라가
담긴 캔을 입에 가져가 한 모금
아뿔싸 담배꽁초가
이제는 장판이 난지
내가 장판인지도 몰라
해가 뜨기도 전에 지는
이런 상황은 뭔가

싸구려 커피를 마신다
미지근해 적잖이 속이 쓰려 온다
눅눅한 비닐 장판에 발바닥이
쩍 달라붙었다 떨어진다
이제는 아무렇지 않어
바퀴벌레 한 마리쯤 슥 지나가도
무거운 매일 아침엔 다만

그저 약간의 기침이 멈출 생각을 않는다

축축한 이불을 갠다
삐걱대는 문을 열고 밖에 나가 본다
아직 덜 갠 하늘이 너무 가까워
숨 쉬기가 쉽지 않다
수만 번 본 것만 같다
어지러워 쓰러질 정도로 익숙하기만 하다
남은 것도 없이 텅 빈 나를 잠근다

싸구려 커피를 마신다
미지근해 적잖이 속이 쓰려 온다
눅눅한 비닐 장판에 발바닥이
쩍 하고 달라붙었다가 떨어진다

노랫말 읽기

오늘날 한국에서는 대학을 졸업하고도 직장을 구하지 못한 고학력 실업자들이 점차 늘어나고 있다. 직장 들어가기가 어려워지자 삶의 중요한 꿈들을 포기하는, 이른바 '포기' 시리즈 신조어까지 유행하고 있다. 연애, 결혼, 출산을 포기한 '3포 세대'에 이어, 취업과 내 집 마련의 꿈까지 포기한 '5포 세대', 여기에 인간관계와 희망을 포기한 '7포 세대'란 말까지 생겨났다. 급기야 건강과 학업마저 추가로 포기한 '9포 세대'를 넘어, 몇 가지가 됐든 결국 포기할 수밖에 없는 'N포 세대'란 말까지. 그리하여 젊은이들이 '이제는 장판이 난지 내가 장판인지도 몰라' 하는 자포자기 백수의 심정으로 비루한 잉여의 시간을 보내는 것이 아닌가. 이 땅의 젊은이들을 잉여 인간, 더 나아가 패배주의자로 이끄는 팍팍한 현실. 과연 누구의 잘못 때문일까?

생각해 보기

• '싸구려'의 기준이 무엇인지 생각해 보자.
• 우리 사회에 노랫말 속 화자와 같은 '잉여 인간'이 늘어나는 이유를 생각해 보자.

엮어 읽기

시 윤동주, 〈참회록〉 무기력하게 살아온 삶을 진정 참회한다면 '포기'를 줄일 수 있다.

소설 손창섭, 〈잉여 인간〉 전쟁이 남긴 인간 유형인 잉여 인간.

방송 EBS 〈지식채널 e〉 '백수의 일기' 편 취업 준비생의 좌절과 꿈이 담긴 하루 일과.

치킨런

노래 달빛요정 역전만루홈런(2008)

작사 이진원

오래전 널 바래다주던 길

어쩌다 난 이 길을 달리게 된 걸까

이러다 널 만나게 될까 봐 난 두려워

직업에는 귀천이 없다고 배웠지만

현실은 그렇지 않더군

난 부끄러워

키 작고 배 나온 닭 배달 아저씨

영원히 난 잊혀질 거야

아무도 날 몰라봤으면 해

난 버티지 못했어

모두 다 미안해

내게도 너에게도

내 인생의 영토는 여기까지

주공 1단지 그대의 치킨런

세상은 내게 감사하라네

그래 알았어 그냥 찌그러져 있을게

어제 나는 기타를 팔았어
처음 샀던 기타를 아빠가 부술 때도
슬펐지만 울지는 않았어 어제처럼
내일부턴 저금을 해야지
그래도 난 한때는 세상을 노래하던 가수였는걸
언젠가는 다시 기타를 사야지

욕망은 파멸을 불러와
여기에 좋은 증거가 있어
날 박제해도 좋아 교훈이 될 거야
이래선 안 된다는

내 인생의 영토는 여기까지
주공 1단지 그대의 치킨런
세상은 내게 감사하라네
그래 알았어 그냥 찌그러져 있을게

내 인생의 영토는 여기까지
주공 1단지 그대의 치킨런
세상은 내게 감사하라네
그래 알았어 그냥 찌그러져 찌그러져 찌그러져 있을게

내 인생의 영토는 여기까지

노랫말 읽기

직업에 귀천이 없을까? 우리는 직업군에 따라 사람을 대우하는 척도가 달라진다는 것을 경험적으로 잘 알고 있다. 이 노랫말 속 화자의 모습을 통해서도 그것을 감지할 수 있다. 가수의 꿈을 접고 먹고살기 위해 치킨 배달원으로 생활 전선에 뛰어든 주인공. 혹시라도 아는 사람들에게 들킬세라 두려움과 부끄러움에 전전긍긍하는 화자의 모습은, 우리 사회에 직업에 대한 귀천 의식이 얼마나 만연해 있는지를 보여 준다. 소위 고위직만을 우러러보는 사회적 풍토는 그렇지 못한 이들을 '루저'로 만든다. 그러니 주공 1단지가 인생의 영토라는 '치킨런'의 자조적 목소리가 안타깝게 들릴 수밖에 없다.

생각해 보기

• 우리 사회에 음식 배달원이 없다면 어떻게 될까? 배달원의 직업적 가치에 대해 생각해 보자.
• 직업의 사회적 역할과 책임에 귀천이 있는지 생각해 보자.

엮어 읽기

시 조병화, 〈해인사〉 큰 집에 사나 작은 집에 사나 결국엔 인간. 빈부귀천 없는 평등 의식.

동화 권정생, 〈강아지똥〉 무엇이든 존재의 이유가 있는 법. 강아지똥도 쓸모가 있다.

고전 소설 박지원, 〈예덕선생전〉 똥 치우는 직업, 더러운 것이 아니라 위대한 것.

삐걱삐걱

노래 DJ DOC(1997)

작사 이하늘

매일 밤 9시가 되면 난 뉴스를 봐요
코미디도 아닌 것이 정말 웃겨요
정치하는 아저씨들 맨날 싸워요
한 명 두 명 싸우다가 결국 개판이 돼요
내 강아지의 이름은 망치예요
그럴 땐 망치 얼굴 쳐다보기 민망해져요
누가 잘하는 건지 난 모르겠어요
내 눈에는 모두 다 똑같애 보여요
그렇게 싸우고 또 화해를 해요
완전히 우리를 가지고 놀아요
또 지키지도 못할 약속 정말 잘해요
시간이 지나고 보면 말뿐이었죠
이젠 바뀌어야 해 우리가 바뀌어야 해요
누가 바꿔 줘요 하며 기다리면 안 돼요
힘없는 사람은 맨날 당하고만 살아요
그렇게 삐걱대며 세상은 돌아가요

삐걱삐걱 돌아가는 세상 (어지러운 세상)

삐걱삐걱 돌아가는 세상 (거지 같은 세상)
삐걱삐걱 돌아가는 세상은 힘없는 사람을 돌봐 주지 않아
삐걱삐걱 돌아가는 세상 세상

있는 놈은 항상 있지
없는 놈은 항상 없지
어떻게 바꿔 볼 수가 없지
도저히 우리 힘으론 안 되지
돈 없으면 살기 힘든 세상이에요
빽 없어도 살기 힘든 세상이에요
착하게만 살기도 힘든 세상이에요
착하게 살긴 아픔이 너무 많아요

내가 잘못 알았나요
그렇다면 정말 미안해요
하지만 잘못된 게 너무 많아요
그걸 보고 있는 내 가슴은 찢어져요
우리나라 민주 국가 맞나요
만약 이런 말도 못 한다면 아무 말도 못 한다면
그런 나라 민주 국가 아녜요
난 콩사탕이 싫어요

몇십 억이 애들 껌값인가요
그중에 백만 원만 우리 줄 생각 없나요
돈 없는 우리 이게 뭔가요
대리 만족이라도 하란 건가요
우리 생각 한 번이라도 해 봤나요
해 봤다는 게 요 모양 요 꼴인가요
아저씨들 등 따시고 배부르죠
아저씨들 우리나라 사람 맞나요

노랫말 읽기

우리 사회에서는 빈곤층과 부유층 간의 물질적 격차가 증가하는 경제 양극화 현상이 지속적으로 문제시되고 있다. 이른바 '빈익빈 부익부' 현상이 일어나는 이유는 무엇일까? 요즘 자주 거론되고 있는 '금수저, 흙수저' 논쟁인 수저계급론에 의하면, 부모의 재력과 명성 등이 자식에게 대물림되는 것이 빈부 격차 현상의 핵심 배경이 된다. 태어나자마자 누군가는 엄청난 부를, 또 누군가는 가난을 물려받는다. '있는 놈은 항상 있지, 없는 놈은 항상 없지'라는 말은 단순한 넋두리가 아니다. 개인의 노력과 열정보다 세습이 더 많은 부와 권력을 가져다주는 불공정한 사회 구조에 대한 항변인 것이다. 부모의 배경에 의해 장래가 결정되는 사회가 아닌 '힘없는 사람'에게 균등한 기회를 보장하는 세상이야말로 삐걱대지 않고 잘 돌아가는 세상이 아닐까.

생각해 보기

• 세상 돌아가는 모습을 '삐걱삐걱'이라고 표현한 이유가 무엇인지 생각해 보자.
• '콩사탕이 싫어요'가 의미하는 바가 무엇인지 생각해 보자.

엮어 읽기

고전 소설 〈흥부전〉 흥부의 가난, 자본주의 사회에선 무능력의 표상.
소설 조정래, 〈허수아비춤〉 돈에 휘둘리는 권력자, 그들을 믿는 대중 모두를 비판.
풍속화 김홍도, 〈타작〉 열심히 일해도 수확의 반 이상은 지주의 것. 가진 자는 더 갖게 되는 세상을 풍자.

UFO

노래 패닉(1996)

작사 이적

어느 날 밤 이상한 소리에 창을 열어 하늘을 보니
수많은 달들이 하늘을 뒤덮고 있었다
어느새 곁에 다가온 할머니가 내 손을 잡으며
속삭이듯 내게 말했다
그들이 돌아왔다고

왜 모두 죽고 나면 사라지는 걸까
난 그게 너무 화가 났었어
남몰래 그 누구를 몹시 미워했었어

왜 오직 힘들게만 살아온 사람들
아무것도 없는 끝에서
어딘가 끌려가듯 떠나는 걸까

살찐 돼지들과 거짓 놀음 밑에
단지 무릎 꿇어야 했던
피 흘리며 떠난 잊혀져 간 모두
다시 돌아와 이제 이 하늘을 가르리

짓밟고 서 있던 그들 거꾸러뜨리고
처음으로 겁에 질린 눈물 흘리게 하고
취한 두 눈으로 서로 서로 서로의 목에
끝도 없는 밧줄을 엮게 만들었지

자 일어나 마지막 달빛으로 뛰어가 봐
모두가 반길 수는 없겠지만
그 자신이 그 이유를 제일 잘 알겠지만

날아와 머리 위로 날아와
검을 하늘을 환히 비추며 솟아
모두 데려갈 빛을 내리지
이제야 그 오랜 미움 분노 모두 다 높이
우리와 함께 날으리
저기 하늘 밖으로

노랫말 읽기

'살찐 돼지'들이 판을 치는 세상. 전통적으로 한국 문화 속에서 돼지는 재물과 복을 상징하는 동물로 인식되어 왔다. 돼지꿈을 꾸면 복권을 사러 가기도 하지 않는가. 그러나 끝도 없이 먹어 대는 식성 때문에 돼지는 탐욕에 눈이 먼 권력자의 표상으로서 부정적 의미를 내포하고 있기도 하다. 더 큰 권력, 더 많은 부를 쟁취하기 위해 거짓을 일삼는 자들에게 무릎을 꿇을 수밖에 없는 사회적 약자들은 오늘도 미움과 분노를 삭이며 점점 말라만 가고 있다. 이런 현실 세계에서 UFO가 나타나 정의의 빛을 내려 주기를 바라는 것, 그것은 우리의 사회 현실이 그만큼 모순과 불합리로 가득 차 있고 그 속에서의 삶이 매우 고달프다는 의미일 것이다.

생각해 보기

• UFO에 탑승한 '그들'은 누구일까?
• '오직 힘들게만 살아온 사람들'과 반대로 우리 사회에서 편하게만 살아온 사람들이 그렇게 살 수 있었던 이유가 무엇일지 생각해 보자.

엮어 읽기

시 최영미, 〈돼지의 본질〉 착각은 자유. 그러나 분명한 건 돼지는 '양'이 아니라는 것.
시 박찬일, 〈뚱뚱한 것의 힘〉 뚱뚱함, 힘(권력)의 기울기에 대한 생각.
소설 윤흥길, 〈완장〉 완장, 즉 권력에 말려든 인간의 실상.

개구리 소년

노래 MC 스나이퍼(2003)

작사 MC 스나이퍼

1991년 3월 26일
기초의회 의원 선거일 그날은 임시 공휴일
집 앞마당에서 놀던 아이는 성서초등학교 운동장 교실
논둑길을 질러 도착한 와룡산 입구의 오솔길
시냇가에서 잡던 개구리 알과 도롱뇽 알
개구리 알보다는 좀 더 갖고 싶던 탄피와 총알
흔치 않던 탄두를 줍고 싶던 아이들은 결국
군사 지역인 와룡산 새밤골로 가기로 결정
사격장의 총성 속에 들려온 외마디 비명
목격자도 없이 사라진 소년의 운명은 미궁 속 불명
한낱한시에 증발한 다섯 아이의 행방은 없어
전국에 붙어 나가는 전단지에도 소식이 없어
앵벌이로 팔려 갔다는 외딴 섬으로 넘겨졌다는
납북설이 나도는 한국의 무성한 소문 끝에
4200만 원의 포상금이 무색하게
5년이라는 수사 끝에 96년 사건을 종결

우리가 진정 믿고 싶은 건 하늘의 진실 하나

그리고 아이를 잃은 부모의 바람은 정부의 관심 하나
그러나 삶은 언제나 볼을 꼬집어 꿈이길 바라지만
의문을 가슴에 묻고 아파 가 시간은 고통의 약
우리가 진정 믿고 싶은 건 하늘의 진실 하나
그리고 아이를 잃은 부모의 바람은 정부의 관심 하나
그러나 삶은 언제나 볼을 꼬집어 꿈이길 바라지만
의문을 가슴에 묻고 아파 가 시간은 고통의 약

2002년 9월 26일 오전 11시
와룡산 중턱에서 발견된 4구의 유골과 옷가지
현장의 상황을 돌과 흙으로 유골을 은닉한 흔적이
타살 가능성을 암시 경찰은 조난사를 제시
길을 잃은 단순 사고사 사건 원인 사유가
비가 내리고 날씨가 흐려 저체온사로 인한 동사, 재수사
현장에 없던 머리카락과 치아
십자 매듭 및 두개골 골절 원인을 모를 의문사
제3의 장소에서 옮겨졌을 거라는 추측과
발굴 하루 전 장소를 제보한 의혹의 정신이상자
군 생활 당시 사격장에서 비명 소리와 함께
한 아이가 부상당하고 또 한 아이가 즉사했다는
신원 불명의 제보자 저항이 없던 희생자
어린아이를 가슴에 묻은 부모의 마음은 분노한 바다

11년 만에 찾은 아들을 땅 속에서 꺼내고
음모론을 은폐 과정 타살 여부는 확인 미정

우리가 진정 믿고 싶은 건 하늘의 진실 하나
그리고 아이를 잃은 부모의 바람은 정부의 관심 하나
그러나 삶은 언제나 볼을 꼬집어 꿈이길 바라지만
의문을 가슴에 묻고 아파 가 시간은 고통의 약
우리가 진정 믿고 싶은 건 하늘의 진실 하나
그리고 아이를 잃은 부모의 바람은 정부의 관심 하나
그러나 삶은 언제나 볼을 꼬집어 꿈이길 바라지만
의문을 가슴에 묻고 아파 가 시간은 고통의 약

군과 경찰을 모두 포함해 31만 명을 동원
유래가 없는 연인원 속에도 찾지 못한 단서
조직적이고 계획적으로 매장된 지금 이 사건
11년 전 증발한 아이는 땅 속에서 울어
수사를 방해 살해를 은폐 말이 없는 변사체
진실은 분명히 밝혀져 개도를 담을 노래
그렇게 찾아도 찾지 못한 그 산에서 유골을 발견
아이들이 사라진 그 산에서 유골을 발견

신은 이제 어디 아픔과 내 눈물 어디에 묻혔니

내가 네게로 가

북에선 간첩이 내려오고 유괴로 팔려간 너를 보도

나를 보는 제3의 눈 어느 날 증발한 딸을 보도

북에선 간첩이 내려오고 유괴로 팔려간 너를 보도

나를 보는 제3의 눈 어느 날 증발한 딸을 보도

북에선 간첩이 내려오고 유괴로 팔려간 너를 보도

나를 보는 제3의 눈 어느 날 증발한 딸을 보도

북에선 간첩이 내려오고 유괴로 팔려가 너를 보도

나를 보는 제3의 눈 어느 날 증발한 딸을 보도

노랫말 읽기

특정 사건에 대해 다룬 신문 기사를 발췌 요약하여 사건의 전말을 밝히고 있는 이 노래는 1991년 대구에서 실제로 발생한 실화를 바탕으로 하고 있다. 객관적인 신문 보도를 바탕으로 하고 있음에도 불구하고 이 노랫말이 담담하게 읽히는 것이 아니라 노랫말을 읽어 내려 갈수록 가슴이 먹먹해짐을 느끼게 된다. 아이들을 구하지 못한 죄책감, 혹은 무관심으로 일관했던 무책임에 대한 자책감, 그리고 사건을 시원스레 밝히지 못한 정부 당국을 향해 치미는 분노. 아무튼 노랫말을 되새기는 내내 마음 한구석이 불편해진다. '개구리 소년'은 도대체 왜 실종되었을까? 그리고 수십 년이 지난 지금까지도 미궁에 빠져 있는 이 사건의 책임은 과연 누구에게 있을까?

생각해 보기

• 이 노래를 만든 의도가 무엇인지, 노래를 만든 사람의 입장에서 생각해 보자.
• 노랫말을 근거로 하였을 때 '개구리 소년 실종'의 전모가 아직 밝혀지지 않은 것은 누구의 책임이라고 생각되는지 말해 보자.

엮어 읽기

시 황지우, 〈심인(尋人)〉 신문이라는 콘텐츠를 활용하여 시대적 아픔을 노래.
영화 이규만 감독, 〈아이들〉 실종된 '개구리 소년'의 문제를 대중에게 알리기 위한 노력.

막걸리나

노래 45RPM(2010)

작사 이현배

12·12 시비 걸면 심의 막걸리나
나도 몰라 될 대로 되라지 막걸리나
돈 없으면 알지 빈대떡에 막걸리나
헤이 막걸리나

어느 대통령이 국민들을 막 갈기나
나도 국민인데 어찌 전 대통령 막 갈기나
막장인 건 피차일반 팬을 막 갈기나
헤이 막 갈기나

아직까지 오공인가 너도 헷갈리나
대통령과 장군 뭐가 뭔지 헷갈리나
야구 선수인지 가수인지 나도 헷갈리나
헤이 헷갈리나

당해 보지 않았으니 모르지
얼마가 있는지도 모르지
탱크 몰고 대통령 되기 참 쉽죠 잉

사람들의 얘기를 잘 씹죠 잉

한때 국가 원수에서 이제 국민들의 원수
인권 탄압 선수 재산 빼돌리기 선수
실명 거론 못 해 앞에 두 글자는 전두
환장하네 잔고 이십구만 원이 전부

이제 첫방인데 우리 그냥 막방 되나
데뷔 10년 아직 신인인데 벌써 막방 되나
돈 벌어서 장가가자 근데 막방 되나
헤이 막방 되나

재진아 오늘도 수고했다 막걸리나
돈 벌어도 양주보다 역시 막걸리나
우리 몸엔 우리 술이 좋아 막걸리나
헤이 막걸리나

내 생각에 우리 첫방이자 막방이다
처음부터 너무 막 나간 것 같아 막방이다
다음 주에 우리 안 나오면 막방이다
헤이 막방이다

노랫말 읽기

기존 노래('마카레나')의 패러디를 통해 '12·12 군사 반란'을 해학적으로 비판·풍자하고 있다. 그리고 이 역사적 사건과 직접적인 관련이 있는 특정인을 거론하며 신랄한 비판을 가하고 있는데, 대중가요에서 좀처럼 찾아보기 힘든 본격적인 정치 비판, 역사 비판이라고 할 수 있다. 1980년 5월 신군부가 정권을 사실상 장악하였고, 그 이후 5·18 광주 민주화운동을 강경 진압하였다. 따라서 '12·12'는 우리의 역사적 비극의 단초가 된 사건이라고 할 수 있다. 권력자의 견제와 복수를 예상하고 있을 만큼 비판의 수위가 높지만, 그만큼 대중에게는 강한 메시지를 던져 준다.

생각해 보기

• 언어유희가 사용된 부분을 찾아보고, 그 효과를 생각해 보자.
• 대중가요가 정치적 상황이나 특정 인물을 비판하는 것에 대해 어떻게 생각하는지 말해 보자.

엮어 읽기

시 박남철, 〈주기도문〉 '주기도문'을 패러디하여 1980년대의 정치 현실을 풍자.
시 황지우, 〈새들도 세상을 뜨는구나〉 획일적인 군사 문화에 대한 풍자.
영화 김지훈 감독, 〈화려한 휴가〉 '12·12'에서 시작된 역사의 비극, 그리고 그 정점.

대정부 질문

노래 타카피(2002)

작사 김재국

평화의댐 삼청교육대 새마을운동 삼풍백화점 (꽁치도 못 잡
는 나라)
항공 등급 2등급 교통사고 1등급 (IMF 백수 천국)
한보철강 정경유착 린다김은 섹시해 (청문회는 안 먹을래)
치과의사 월 90 부익부 빈익빈 미스터빈 (국회의원 월급 인
상 만장일치)

좋은 일만 바라진 않지만 뚜껑 열리는 일이 너무 많아
기분 좋게 살고 싶지만 명약관화로다
질문할 건 많은데 대답하는 분 없네
대답하는 분 없으니 질문할 힘 없구나
공허한 이 메아리 내 청춘을 녹이네
질문할 건 많은데 대답하는 분 없네

자유당에 자유 없고 국민당엔 국민 없다 (선무당 기사식당 숭
구리당당 숭당당)
로비로비 호텔로비 비리비리 율곡비리 (율곡선생 이름에 떡
칠하는도다)

얼쑤 좋다 얼쑤
좋은 일만 바라진 않지만 뚜껑 열리는 일이 너무 많아
기분 좋게 살고 싶지만 명약관화로다
질문할 건 많은데 대답하는 분 없네
대답하는 분 없으니 질문할 힘 없구나
공허한 이 메아리 내 청춘을 녹이네
질문할 건 많은데 대답하는 분 없네

좋은 일만 바라진 않지만 뚜껑 열리는 일이 너무 많아
기분 좋게 살고 싶지만 명약관화로다
질문할 건 많은데 대답하는 분 없네
대답하는 분 없으니 질문할 힘 없구나
공허한 이 메아리 내 청춘을 녹이네
질문할 건 많은데 대답하는 분 없네
누가 대답해 주오 내 말 좀 들어 주오
공허한 이 메아리 내 청춘을 녹이네
질문할 건 많은데 대답하는 분 없네

노랫말 읽기

과거 우리 사회에서 큰 이슈가 되었던 국가적 사건·사고를 나열하면서 그것과 관련된 국가의 잘못을 촌철살인의 어구나 변화무쌍한 언어유희를 활용하여 비판·풍자하고 있다. 가령, 맨 처음 '꽁치도 못 잡는 나라'라고 비꼰 것은 2002년에 '한일 어업 협정'에서 우리 어민들이 주로 꽁치를 잡는 해역을 사수하지 못한 것에 대한 풍자이다. 대정부 질문, 즉 우리나라 정부를 향해 왜 이렇게 '뚜껑 열리는 일'이 많이 일어나느냐고 애타게 묻는데, 어느 누구도 대답을 하지 않는 현실. 화자의 대정부 질문은 '공허한 메아리'로만 돌아온다.

생각해 보기

• 현 정부를 향해 '대정부 질문'을 할 수 있다면 무엇을 묻고 싶은지 말해 보자.
• '질문할 건 많은데 대답하는 분 없네'에서 화자가 '질문'하고 싶은 것은 무엇이고 듣고 싶은 '대답'은 무엇일지 상상해 보자.

엮어 읽기

시 김지하, 〈오적(五賊)〉 정권의 부정과 부패를 신랄하게 풍자.
한시 정약용, 〈탐진촌요(耽津村謠)〉 백성을 외면하는 권력자와 위정자에 대한 풍자.

가만히 있으라

노래 이승환(2015)

작사 이승환

그 날 아침 하늘은 기울었을 테고
친구들은 하나 둘 울었으리라
보고픈 엄마 아빠를 불렀을 테고
어른들은 나직이 소리쳤었다

가만 가만 가만히 거기 있으라
가만 가만 가만히 거기 있으라

잊혀질 수 없으니 그리움도 어렵다
마음에도 못 있고 하늘에도 못 있다

가만 가만 가만히 거기 있으라
가만 가만 가만히 거기 있으라
가만 가만 가만히 거기 있으라
가만 가만 가만히 거기 있으라

잊으라고만
묻으라고만

그냥 가만히
있으라고만

잊으라고만
묻으라고만
그냥 가만히
있으라고만

잊으라고만
묻으라고만
그냥 가만히
있으라고만

잊으라고만
묻으라고만
그냥 가만히
가만히

노랫말 읽기

우리는 '세월호'라는 비극과 아픔을 가슴 한편에 묻고 살고 있다. 화자는 '가만히 있으라'는 그 날의 허망한 외침에 주목하였다. 기울어 가는 배 안에서 가만히 있으라는 그 부질없는 말은 아이들에게 얼마나 원망스러운 것이었을까. 그리고 누군가가 또 다른 의미의 '가만히 있으라'는 메시지를 우리에게 던지고 있다. 그냥 잊으라고, 그냥 묻으라고 말이다. 하지만 우리는 이제 비로소 깨닫는다. 그 날의 아이들이 배 안에서 가만히 있으면 안 되는 것이었고, 그것을 지켜보기만 했던 우리도 이제는 가만히 있으면 안 된다는 것을 말이다.

생각해 보기

• 세월호 사건을 통해 우리가 잊어서는 안 되고 묻어서도 안 되는 것은 과연 무엇일지 생각해 보자.
• 이 노랫말의 제목인 '가만히 있으라'가 가진 반어적 의미에 대해 생각해 보자.

엮어 읽기

시 정호승, 〈꽃이 진다고 그대를 잊은 적 없다〉 세월호 참사를 아파하는 또 한 명의 화자. 잊을 수 없는 그 날의 비극과 애통함.

시 김수영, 〈어느 날 고궁을 나오면서〉 '왜 나는 작은 일에만 분개하'고 부정한 권력을 향해서는 한 줌의 저항도 하지 못한 채 '가만히' 있는가. 나는 얼마나 작고 힘없는 존재인가.

chapter 6

가족과 이웃,
오직 사람만이 희망이다

— 인간, 가족, 소시민

가족

노래 이승환(1997)

작사 이승환, 이지은

밤늦은 길을 걸어서 지친 하루를 되돌아오면
언제나 나를 맞는
깊은 어둠과 고요히 잠든 가족들

때로는 짐이 되기도 했었죠
많은 기대와 실망 때문에
늘 곁에 있으니 늘 벗어나고도 싶고

어떡해야 내가 부모님의 맘에 들 수가 있을지 모르고
사랑하는 나의 마음들을
그냥 말하고 싶지만 어색하기만 하죠

힘겨운 하루를 보낸 내 가족들의 낮은 숨소리
어린 날 보살펴 주던 내 누이의 고마운 추억이 있죠

가족이어도 알 수 없는 얘기
따로 돌아누운 외로움이 슬프기만 해요
아무 이유도 없는데

심술궂게 굴던 나를 위해 항상 참아 주던 나의 형제들
사랑하는 나의 마음들을 말하고 싶지만 어색하기만 하죠

힘이 들어 쉬어 가고 싶을 때면 나의 위로가 될
그때의 짐 이제의 힘이 된 고마운 사람들

어떡해야 내가 부모님의 맘에 들 수가 있을지 모르고
사랑하는 나의 마음들을
그냥 말하고 싶지만 어색하기만 하죠

사랑해요 우리 고마워요 모두 지금껏 날 지켜 준 사랑
행복해야 해요 아픔 없는 곳에 영원히 함께여야 해요

노랫말 읽기

"우연이 아니다. 운명이다." 이것은 '가족'이라는 운명 공동체를 두고 하는 말이다. 그 어떤 상황에서도 나와 끝까지 함께할 것이라는 믿음을 주는 존재, 그것이 바로 가족이다. 사실 우리 삶에서 나와 가족을 떼어 놓고 생각하기는 어렵다. 예로부터 '나'라는 존재는 개별적·단독적 자아가 아닌 '가족 안의 나'라는 공동체적 인식 아래 존재해 왔다. 때문에 가족의 행복이 곧 나의 행복이며, 가족의 불행이 곧 나의 불행으로 여겨지기도 한다. 말하자면, 가족은 '또 하나의 나'인 셈이다. 더 늦기전에 내 삶의 등대인 가족에게 감사와 사랑의 마음을 전해 보는 게 어떨까.

생각해 보기

- 가족으로부터 벗어나고 싶은 순간이 있었다면 언제였는가?
- 나에게 가족이란 어떤 존재인지 생각해 보고, 또 어떤 존재여야 하는지도 생각해 보자.

엮어 읽기

시 차옥혜, 〈등대지기〉 밤바다의 지킴이 등대지기. 등대지기와 같은 가족이 곁에 있다면 이 세상에 어둠은 없으리.

시 이동순, 〈그대가 별이라면〉 가족이란 서로에게 배경이 되고 등불이 되는 것.

엄마가 딸에게

노래 양희은(2015)

작사 양희은, 김창기, 타이미

난 잠시 눈을 붙인 줄만 알았는데
벌써 늙어 있었고
넌 항상 어린아이일 줄만 알았는데
벌써 어른이 다 되었고
난 삶에 대해 아직도 잘 모르기에
너에게 해 줄 말이 없지만
네가 좀 더 행복해지기를 원하는 마음에
내 가슴속을 뒤져 할 말을 찾지

공부해라…… 아냐 그건 너무 교과서야
성실해라…… 나도 그러지 못했잖아
사랑해라…… 아냐 그건 너무 어려워
너의 삶을 살아라!

난 한참 세상 살았는 줄만 알았는데
아직 열다섯이고
난 항상 예쁜 딸로 머물고 싶었지만
이미 미운 털이 박혔고

난 삶에 대해 아직도 잘 모르기에
알고픈 일들 정말 많지만
엄만 또 늘 같은 말만 되풀이하며
내 마음의 문을 더 굳게 닫지

공부해라…… 그게 중요한 건 나도 알아
성실해라…… 나도 애쓰고 있잖아요
사랑해라…… 더는 상처 받고 싶지 않아
나의 삶을 살게 해 줘!

왜 엄만 내 마음도 모른 채
매일 똑같은 잔소리로 또 자꾸만 보채?
난 지금 차가운 새장 속에 갇혀 살아갈 새처럼
답답해 원망하려는 말만 계속해
제발 나를 내버려 두라고!
왜 애처럼 보냐고? 내 얘길 들어 보라고!
나도 마음이 많이 아파 힘들어하고 있다고!
아무리 노력해 봐도 난
엄마의 눈엔 그저 철없는 딸인 거냐고?
나를 혼자 있게 놔둬!

공부해라…… 아냐 그건 너무 교과서야
성실해라…… 나도 그러지 못했잖아

사랑해라…… 아냐 그건 너무 어려워
너의 삶을 살아라!

내가 좀 더 좋은 엄마가 되지 못했던 걸 용서해 줄 수 있겠니?
넌 나보다는 좋은 엄마가 되겠다고 약속해 주겠니?

엄마, 나를 좀 믿어 줘요!
어려운 말이 아닌 따스한 손을 내밀어 줘요!
날 걱정해 주는 엄마의 말들이 무겁게 느껴지고
세상을 살아가는 게 무섭게 느껴져……
왜 몰래 눈물을 훔쳐요? 조용히 가슴을 쳐요?
엄마의 걱정보다 난 더 잘 해낼 수 있어요
그 무엇을 해내든 언제나 난 엄마의 딸로
다 버텨 내고 살아갈 테니 걱정하지 마요

말하지 않아도 난 알고 있다고
엄만 그 누구보다 나를 사랑한단 걸
그래서 난 자신 있게 말할 수 있어
엄마처럼 좋은 엄마 되는 게 내 꿈이란 거
말하지 않아도 다 알고 있다고
엄만 그 누구보다 나를 사랑한단 걸
그래서 난 자신 있게 말할 수 있어
엄마를 행복하게 해 주는 게 바로 내 꿈이란 거

노랫말 읽기

"이 아빠도 태어날 때부터 아빠가 아니었잖아. 아빠도 아빠가 처음이니까, 그러니까 우리 딸이 아빠를 조금 봐줘."(《응답하라 1988》 1화) 최근 방영되었던 한 드라마의 대사이다. 이 대사 속 '아빠'를 '엄마'로 바꾸어 읽어 보자. 이 노랫말 속 '엄마' 또한 엄마가 처음이니 말이다. 누구나 '처음'이라는 단어가 붙는 일에는 시행착오를 겪기 마련이다. 엄마와 아빠도 부모가 처음이라 서툰 과정을 겪을 수밖에 없다. 그러면서 자식이 '좀 더 행복해지기를 원하는 마음에 내 가슴속을 뒤져 할 말을 찾'는 노력을 거듭하며 더 좋은 부모로 성장해 나간다. 부모 자식 간에도 서투름을 이해한다면 더욱 돈독해질 수 있는 것이 아닐까.

생각해 보기

• 엄마가 딸에게 전하는 '너의 삶을 살아라.'와 딸이 엄마에게 전하는 '나의 삶을 살게 해 줘.'는 어떤 차이가 있을지 생각해 보자.
• 부모님의 걱정 어린 말들이 부담스럽게 느껴졌다면 그 이유가 무엇인지 말해 보자.

엮어 읽기

시 김초혜, 〈어머니 1〉 어머니와 나는 한 몸. 나의 현주소이자 미래의 나침반.
웹툰 필냉이, 〈엄마와 딸×2〉 함께 학교생활을 하면서 서로를 이해해 나가는 엄마와 딸.

가족사진

노래 김진호(2013)

작사 김진호

바쁘게 살아온 당신의 젊음에
의미를 더해 줄 아이가 생기고
그날에 찍었던 가족사진 속에
설레는 웃음은 빛바래 가지만
어른이 되어서 현실에 던져진
나는 철이 없는 아들딸이 되어서
이곳저곳에서 깨지고 또 일어서다
외로운 어느 날 꺼내 본 사진 속
아빠를 닮아 있네

내 젊음 어느새 기울어 갈 때쯤
그제야 보이는 당신의 날들이
가족사진 속에 미소 띤 젊은 우리 엄마
꽃피던 시절은 나에게 다시 돌아와서
나를 꽃피우기 위해 거름이 되어 버렸던
그을린 그 시간들을 내가 깨끗이 모아서
당신의 웃음꽃 피우길
피우길… 피우길… 피우길

노랫말 읽기

나무의 사랑 방법을 아는가? 나무는 시원한 그늘과 맑은 공기를 만들어 주고, 달콤한 과일을 내주며, 제 몸의 밑동(그루터기)을 의자로까지 쓰게 해 준다. 그뿐만이 아니다. 나뭇잎은 종래엔 낙엽이 되어 새 생명이 피어날 수 있는 거름이 된다. 그야말로 '아낌없이 주는 나무'인 것이다. 우리의 삶에도 나무를 닮은 고결한 존재가 있으니, 바로 어버이다. '나를 꽃피우기 위해 거름이' 되어 주는 어버이란 존재는 기꺼이 자신을 투신한다. 자식도 이윽고 어버이가 되어 제 젊음을 다해 자식을 길러 내니, 그 옛날 어버이의 '그을린 시간'이 얼마나 노고 깊은 것이었는지 깨닫게 된다. 이 노랫말을 곱씹어 보면 무한 사랑을 실천한 어버이의 참사랑을 어렴풋이나마 짐작할 수 있지 않을까.

생각해 보기

• '거름'이 의미하는 바가 무엇인지 생각해 보고, 우리 주변에서 그것과 동일한 의미를 갖는 대상을 찾아보자.
• 누군가를 위해 '그을린 시간'을 보낸 적이 있었는지 떠올려 보자.

엮어 읽기

시 안도현, 〈너에게 묻는다〉, 〈연탄 한 장〉 타인을 위해 자신의 몸을 불태우는 연탄재의 희생.
시 한용운, 〈나룻배와 행인〉 무시당하고 짓밟혀도 강을 건널 수 있게 해 주는 나룻배의 인욕과 헌신.
동화 셸 실버스타인, 〈아낌없이 주는 나무〉 모든 것을 내어 줘도 아깝지 않다! 나무의 무조건적인 사랑 방식.

아버지

노래 싸이(2005)

작사 싸이

너무 앞만 보며 살아오셨네
어느새 자식들 머리 커서 말도 안 듣네
한평생 처자식 밥그릇에 청춘 걸고
새끼들 사진 보며 한 푼이라도 더 벌고
눈물 먹고 목숨 걸고 힘들어도 털고 일어나
이러다 쓰러지면 어쩌나
아빠는 슈퍼맨이야 얘들아 걱정 마
위에서 짓눌러도 티낼 수도 없고
아래에서 치고 올라와도 피할 수 없네
무섭네 세상 도망가고 싶네
젠장 그래도 참고 있네 맨날
아무것도 모른 채 내 품에서 뒹굴거리는
새끼들의 장난 때문에 나는 산다
힘들어도 간다
여보 애들아 아빠 출근한다

아버지 이제야 깨달아요
어찌 그렇게 사셨나요

더 이상 쓸쓸해하지 마요
이젠 나와 같이 가요

어느새 학생이 된 아이들에게
아빠는 바라는 거 딱 하나
정직하고 건강한 착한 아이 바른 아이
다른 아빠보단 잘할 테니
학교 외에 학원 과외
다른 아빠들과의 경쟁에서 이기고자
무엇이든지 다 해 줘야 해
고로 많이 벌어야 해 니네 아빠한테 잘해
아이들은 친구들을 사귀고 많은 얘기 나누고
보고 듣고 더 많은 것을 해 주는 남의 아빠와 비교
더 좋은 것을 사 주는 남의 아빠와 나를 비교
갈수록 싸가지 없어지는 아이들과
바가지만 긁는 안사람의 등쌀에
외로워도 간다
여보 애들아 아빠 출근한다

아버지 이제야 깨달아요
어찌 그렇게 사셨나요
더 이상 쓸쓸해하지 마요

이젠 나와 같이 가요

여보 어느새 세월이 많이 흘렀소
첫째는 사회로 둘째 놈은 대학으로
이젠 온 가족이 함께하고 싶지만
아버지기 때문에 얘기하기 어렵구만
세월의 무상함에 눈물이 고이고
아이들은 바빠 보이고 아이고
산책이나 가야겠소 여보 함께 가 주시오

아버지 이제야 깨달아요
어찌 그렇게 사셨나요
더 이상 쓸쓸해하지 마요
이제 나와 같이 가요

당신을 따라갈래요

노랫말 읽기

슈퍼맨, 원더우먼, 배트맨 등의 공통점은 무엇일까? 이들은 모두 초인의 능력을 발휘하여 우리네 삶을 지켜 준 영웅이다. 우리 현실에도 이러한 슈퍼맨이 있다. '새끼들 사진 보며 한 푼이라도 더 벌고, 눈물 먹고 목숨 걸고 힘들어도 털고 일어나'는 바로 '아버지'라는 존재이다. 그러나 이 노랫말에서는 아버지도 결국엔 평범하고 나약한 한 인간이었음을 보여 준다. 험난한 세상에서 가족을 지키기 위해 지칠 줄 모르고 고군분투했던 그들도 세월의 무상함 속에선 차마 표현할 수 없는 외로움과 쓸쓸함에 한없이 작아지는 존재였던 것. 이 시대 아버지들의 고단한 자화상, 슈퍼맨. 이제 반대로 내가 슈퍼맨을 지켜 주자. 그가 따뜻할 수 있도록.

생각해 보기

• '아버지' 하면 떠오르는 것들을 생각그물로 나타내 보자.
• 이 노랫말에 나타난 아버지의 변화되는 처지를 정리해 보자.

엮어 읽기

시 마종기, 〈며루치는 국물만 내고 끝장인가〉 이 시대의 아버지는 '국물만 내고 끝장'인 한 마리 며루치.

영화 윤제균 감독, 〈국제시장〉 시대의 비극 속에서도 가족을 위해 꿋꿋하게 살아온 아버지라는 이름의 길.

아버지와 나

노래 넥스트(1993)

작사 신해철

아주 오래전 내가 올려다본 그의 어깨는
까마득한 산처럼 높았다
그는 젊고 정열이 있었고 야심에 불타고 있었다
나에게 그는 세상에서 가장 강한 사람이었다

내 키가 그보다 커진 것을 발견한 어느 날
나는 나 자신에 대해 생각하기 시작했다
그리고 서서히 그가 나처럼 생각하지 않는다는 걸 알았다
이 험한 세상에서 내가 살아 나갈 길은
강자가 되는 것뿐이라고 그는 얘기했다

난 창공을 날으는 새처럼 살 거라고 생각했다
내 두 발로 대지를 박차고 날아올라
내 날개 밑으로 스치는 바람 사이로
세상을 보리라 맹세했다
내 남자로서의 생의 시작은
내 턱 밑의 수염이 나면서가 아니라
내 야망이 내 자유가 꿈틀거림을 느끼면서

이미 시작되었다고 믿기 때문이다
그러나 그는 대답하지 않았다

저기 걸어가는 사람을 보라
나의 아버지 혹은 당신의 아버지인가
가족에게 소외 받고 돈 벌어 오는 자의 비애와
거대한 짐승의 시체처럼
껍질만 남은 권위의 이름을 짊어지고 비틀거린다
집 안 어느 곳에서도 지금 그가 앉아 쉴 자리는 없다
이제 더 이상 그를 두려워하지 않는 아내와
다 커 버린 자식들 앞에서
무너져 가는 모습을 보이지 않기 위한
남은 방법이란 침묵뿐이다
우리의 아버지들은 아직 수줍다
그들은 다정하게 뺨을 부비며
말하는 법을 배운 적이 없었다

그를 흉보던 그 모든 일들을
이제 내가 하고 있다
스펀지에 잉크가 스며들 듯
그의 모습을 닮아 가는 나를 보며
이미 내가 어른들의 나이가 되었음을 느낀다

그러나 처음 둥지를 떠나는 어린 새처럼
나는 아직도 모든 것이 두렵다
언젠가 내가 가장이 된다는 것
내 아이들의 아버지가 된다는 것이 무섭다
이제야 그 의미를 알기 시작했기 때문이다
그리고 그 누구에게도 그 두려움을
말해선 안 된다는 것이 가장 무섭다

이제 당신이 자유롭지 못했던 이유가
바로 나였음을 알 것 같다
이제 나는 당신을 이해할 수 있다고 생각하지 않는다
그것은 오랜 후에 당신이 간 뒤에
내 아들을 바라보게 될 쯤에야 이루어질까
오늘 밤 나는 몇 년 만에 골목을 따라
당신을 마중 나갈 것이다
할 말은
길어진 그림자 뒤로 묻어 둔 채
우리 두 사람은 세월 속으로
같이 걸어갈 것이다

노랫말 읽기

어렸을 적 바라본 '아빠'는 이 세상에서 가장 힘이 세고, 모르는 게 없는 척척박사였으며, 내가 의지하고 살아가는 가장 크고 훌륭한 분이었다. 그런데 내가 훌쩍 크고 나서 바라본 '아버지'는 어느새 기운도 쇠하고, 작은 사람이 되어 있었다. 그렇지만 나는 아버지가 결코 '작은' 사람이라고 생각하지 않는다. 당신은 침묵 속에서 아들과 가족을 위해 고통과도 같은 책임감을 지고 살았음을 나는 알고 있다. 그래서 아버지는 언제나 위대하다. 나는 내가 아버지와 똑같은 삶을 살아가고 있다는 것을 깨닫는 순간이 있다. 바로 내 아이가 내 눈을 바라볼 때이다. 아이는 내가 내 '아빠'를 바라보았을 때처럼 나를 '크고 훌륭한' 사람으로 여기고 있을지 모른다. 하지만 나도 어느새 내 '아버지'처럼 늙고 작아지고 있음을 느낀다. 나도 언젠가 내 아이 앞에 '작은 아버지'로 서게 될 날이 올 것이다. 그 날이 올 때까지 나에게 닥칠 숱한 두려움과 책임감을 각오해야만 한다.

생각해 보기

• 우리 아버지가 지금 가장 힘들어하고 있는 것은 무엇일까?
• 화자는 왜 골목을 따라 아버지를 마중 나가려고 하는 것일까?

엮어 읽기

시 박목월, 〈가정(家庭)〉 가장으로서의 책임감과 삶의 고달픔. 그러나 아버지는 가족에 대한 사랑으로 '미소'를 보인다.

소설 조창인, 〈가시고기〉 아들을 지키기 위한 아버지의 눈물겨운 부성애. 그리고 침묵 속에 가려진 아버지의 사랑과 희생.

양화대교

노래 자이언티(2014)

작사 자이언티

우리 집에는 매일 나 홀로 있었지
아버지는 택시 드라이버
어디냐고 여쭤 보면 항상 양화대교

아침이면 머리맡에 놓인 별사탕에 라면땅에
새벽마다 퇴근하신 아버지 주머니를 기다리던
어린 날의 나를 기억하네

엄마 아빠 두 누나
나는 막둥이 귀염둥이
그날의 나를 기억하네 기억하네

행복하자 우리 행복하자
아프지 말고 아프지 말고
행복하자 행복하자
아프지 말고 그래 그래

내가 돈을 버네 돈을 다 버네

엄마 백 원만 했었는데
우리 엄마 아빠 또 강아지도
이젠 나를 바라보네
전화가 오네 내 어머니네
뚜루루루 아들 잘 지내니?
어디냐고 물어보는 말에
나 양화대교 양화대교

엄마 행복하자
아프지 말고 좀 아프지 말고
행복하자 행복하자
아프지 말고 그래 그래

그때는 나 어릴 때는 아무것도 몰랐네
그 다리 위를 건너가는 기분을
어디시냐고 어디냐고 여쭤 보면
아버지는 항상 양화대교 양화대교
이제 나는 서 있네
그 다리 위에

행복하자 우리 행복하자
아프지 말고 아프지 말고

행복하자 행복하자
아프지 말고 그래
행복하자 행복하자
아프지 말고 아프지 말고
행복하자 행복하자
아프지 말고 그래 그래

노랫말 읽기

무언가에 의미를 부여하면 그만큼 무게도 늘어나는 법. '무게'라는 표현 앞에 '가장'이라는 단어가 붙으면 결코 가벼이 느껴지지 않는다. '가장의 무게'라는 말이 주는 묵직함. 〈양화대교〉는 한 가정의 가장이 아버지에서 화자로 바뀐 현실을 배경으로 하여 만들어진 자전적 이야기이다. 아버지가 짊어진 삶의 무게와 책임감을 화자가 비로소 가장이 되면서 이해할 수 있게 되었다는 이 서사는, 다름 아닌 우리의 이야기이기도 하다. 별사탕과 라면땅이면 행복했던 화자도 이제 알게 됐다. 가장이라는 위치는 삶의 바동거림, 즉 결코 녹록치 않은 현실을 견뎌야 하는 자리인 것을. 이 땅의 모든 가장이 어깨를 쭉 펼 수 있는 세상은 언제쯤 올까.

생각해 보기

• 제목인 '양화대교'가 상징하는 것이 무엇인지 생각해 보자.
• 한국 사회의 가장들이 힘낼 수 있는 응원의 메시지를 생각해 보자.

엮어 읽기

시 박목월, 〈가정〉 신발의 문수(사이즈)를 통해 보여 주는 가장으로서의 책임감.

시 김현승, 〈아버지의 마음〉 가족에 대한 아버지의 사랑, 가족에게 위안을 받는 아버지.

광고 KB금융그룹, '하늘 같은 든든함, 아버지 몰래카메라' 편 아버지와 같은 길을 걷게 된 새내기 가장이 아버지에 대한 죄송함과 고마움에 흘리는 눈물.

어머니의 된장국

노래 다이나믹 듀오(2008)

작사 최자, 개코, 라디

나이는 갓 서른 외제차를 끄는
또래에 비해서 기름값 걱정을 덜 하는
주변 사람들의 질투가 좀 심해서
높은 연봉에 관해선 언급을 안 하는 그는
과도한 업무에 동창 모임에도 못 가
사치가 좀 심한 여자 친구는 달달 볶아
야근을 밥 먹듯 아침은 안 먹듯 하며
소화제를 달고 사는 더부룩한 날들
약간의 조증 폐쇄공포증 혼자뿐인 넓은 집
냉장고엔 인스턴트식품
혀끝에 남은 조미료 맛이 너무 지겨워
그가 간절하게 생각나는 건 바로 어머니의 된장국
담백하고 맛있는 그 음식이 그리워
그 때 그 식탁으로 돌아가고픈 어머니의 된장국
담백하고 맛있는 그 음식이 그리워
잠깐의 생각만으로도 배고픈

그의 나이는 이제 오십

한 달이 다 돼 가 떨어져 사는 가족들의 얼굴을 본 지
한때는 돈푼 꽤나 만졌던 그지만
지금 남은 건 빚더미와 몸뚱이뿐이야
집은 보증 잘못 섰다가 날렸지
잘되던 사업은 욕심부리다 망쳤지
아내와 자식에게 있을 때 못해 준 게 미안해
집에 못 가고 밤낮으로 일하네
배보다 더 휴식이 고픈 삶처럼
밥이 퍽퍽해 물 말아 먹는 오늘도
소주 한 병으로 저녁을 때우는
지친 그에게 필요한 건 바로 어머니의 된장국
담백하고 맛있는 그 음식이 그리워 어머니의 된장국
담백하고 맛있는 그 음식이 그리워
잠깐의 생각만으로도 배고픈
서른이 돼 가도 아니 그 후로도
더더욱 그립기만 하겠죠 하나뿐인 그 맛
어느새 내 혀끝엔 침이 고여 어머니의 된장국
담백하고 맛있는 그 음식이 그리워
그 때 그 식탁으로 돌아가고픈 어머니의 된장국
담백하고 맛있는 그 음식이 그리워
잠깐의 생각만으로도 배고픈

그녀는 나이에 비해서 조금 이르게 부모 품을 떠나
서울로 도망치는데 짧은 가방 끈이 조금 콤플렉스지만
야무진 꿈 하나만큼은 비만, 남보다 잠도 덜 자
먼 훗날에 설 자리를 위해서는 몇 푼이라도 더 벌자
즐겨 듣는 음악 DJ DOC지만
돈 좋아 명예 좋아 못생겨도 능력 있는 남자가 좋아
주위에 남자들은 말발만 좋아
사투리를 아직 못 감추니 직장에선 촌스러운 까투리
외로움을 반찬으로 혼자 먹는 밥은 지겨워 서울의 삶
그리고 간은 좀 싱거워
타향 생활이 너무 힘겨운 그녀에게 필요한 건 바로
어머니의 된장국
어머니의 된장국
어머니의 된장국

어머니의 된장국이 그리워

노랫말 읽기

요즘 이른바 '먹방'과 '쿡방'이 대세다. 사람들에게 '음식' 그리고 먹는 행위는 어떤 의미일까? 음식을 먹음으로써 삶을 유지하려는 단순한 생존 본능 너머 음식을 즐기려는 쾌락적 본능이 있는 것 같다. 그래서 더 맛있는 것을 먹고 싶어 텔레비전 방송을 챙겨 보고, 맛집을 찾아다니는 게 아닐까? 그런데 어떤 음식은 잠시 잊고 살았던 과거의 추억을 떠올리게 한다. 이 노랫말 속에는 '된장국'을 그리워하는 세 명의 화자가 등장한다. 먹방과 쿡방에는 잘 나오지 않는 '된장국'이 화자에게 감동을 주는 것은, 바로 된장국과 함께 떠오르는 '어머니' 때문이리라. 세 명의 화자가 그리워하는 것은 일차적으로는 된장국의 칼칼한 맛이겠지만, 궁극적으로는 그것에 오버랩 되는 '어머니'가 아닐까?

생각해 보기

• 어머니가 해 주시는 음식 가운데 가장 좋아하는 것을 떠올려 보고, 언제 그 음식이 먹고 싶어지는지 생각해 보자.
• 세 명의 화자가 공통적으로 '욕망'하고 있는 것과 공통적으로 '결핍' 된 것이 각각 무엇인지 생각해 보자.

엮어 읽기

시 함민복, 〈눈물은 왜 짠가〉 어릴 적 맛있게 먹었던 음식의 기억 속에 는 늘 '어머니'가 함께 있다.
소설 이청준, 〈눈길〉 타향에서 일하는 자식이 어머니의 사랑을 비로소 깨닫는 순간이 어머니의 음식을 접할 때만은 아니다. 어머니가 자식 몰래 걸으신 '눈길'에도 어머니의 사랑이 있다.

새벽 그림

노래 토이(1999)

작사 유희열

새벽 거리를 예쁘게 만드는
청소하는 미화원 아저씨
하루가 시작되는 것 같은 향기가 날리네

내가 제일 좋아하는 우유를
매일 주는 이름 모를 형에게
고맙다는 얘기를 꼭 할 거야

산 너머엔 아침 햇살 기지개 켜며
입 다문 거리는 노랠 시작하고
시간의 도움을 받아 우린 또 하루 동안
새로운 꿈을 찾아서 길을 나서야겠지
삶은 영원히 반복되는 여행

무거운 가방 여린 두 어깨에
힘겨운 걸음걸이 고등학생
조금만 참아요
힘든 시간 지나갈 거예요

엄마는 졸립지도 않은가 봐
부엌에선 벌써 요리 냄새
자명종 시계보다 더 부지런해

산 너머엔 아침 햇살 기지개 켜며
입 다문 거리는 노랠 시작하고
시간의 도움을 받아 우린 또 하루 동안
새로운 꿈을 찾아서 길을 나서야겠지
삶은 영원히 반복되는 여행

새로운 꿈을 찾아서 길을 나서야겠지
삶은 영원히 반복되는 여행

노랫말 읽기

새벽은 온 세상 삼라만상이 깨어날 준비로 분주한 시간이다. '산 너머 엔 아침 햇살 기지개 켜며 입 다문 거리는 노랠 시작'하는 시간, 즉 어둠 속에 잠들어 있던 물상들이 또다시 부활하면서 하루의 생명을 새롭게 시작하는 시간인 것이다. 이 시간엔 '나'를 지탱해 주는 소중한 존재들이 하루의 삶을 가능하게 한다. 새벽 거리를 청소하는 미화원 아저씨, 매일 우유를 주는 이름 모를 형, 아침 식사를 준비하는 엄마는 물론이고, 힘겨운 발길을 옮기는 고등학생마저도 새삼 삶의 소중함을 느끼게 해 준다. 사소해 보일지라도 주변의 어진 존재들 덕분에 우리의 지난날과 오늘과 내일이 이어져 간다. 나 또한 희망찬 세상을 위해 새벽 아침 거듭 부활하면서 작게나마 이바지하며 살아가야 하지 않을까.

생각해 보기

• 새벽마다 '이름 모를 형이 주는 우유'가 상징하는 것은 무엇일까?
• 누군가에게 희망하는 하루를 선사할 수 있다면, 누구에게 어떤 하루를 선물하겠는가?

엮어 읽기

시 박남수, 〈아침 이미지〉 새롭게 개벽하는 아침, 생명력 가득한 이미지의 향연.
시 이기철, 〈지상의 끼니〉 나를 지탱해 주는 식탁 위의 밥 한 그릇과 보잘것없는 반찬. 사소해 보여도 나의 하루를 가능하게 하는 것들.

11월 1일

노래 에픽하이(2004)

작사 타블로, 미쓰라진

소중한 친구가 있었죠
내 숨소리보다 가깝게 느꼈죠
피아노와 통기타 멜로디로 꿈을 채웠고
현실보다 그 사람은 음악을 사랑했었죠
그 지난날 난 다른 길에 발 딛고
무대 위에서 내게 보내던 분홍빛깔 미소
아직도 그때가 그립다
그땐 사랑과 열정이 독이 될 줄 몰랐으니깐
괴리감은 천재성의 그림자
가슴이 타면 순간마다 술잔에 술이 차
내 친구가 걱정돼도 말을 못 하고
가리워진 길로 사라지는 뒷모습 바라봤죠
그가 떠나가 남긴 상처보다 깊을 죄가
비라면 내 맘속에 소나기뿐
너무나 그립다
텅 빈 무대 끝에 앉아 붙들 수 없는
꿈의 조각들 쫓던 그대가

사랑했단 말 없이 그리웠단 말 없이 고마웠단 말 없이
그대를 바라봤죠
사랑했단 말 없이 그리웠단 말 없이
이제서야 말해요 미안해요

소중한 친구가 있었죠
내 숨소리보다 가깝게 느꼈죠
피아노와 통기타 멜로디로 꿈을 채웠고
현실보다 그 사람은 음악을 사랑했었죠
말없이 다가오는 어둠의 손짓도
미소로 답하고 서글프게 노랠 불렀죠
거친 음성으로 음악에 기대고
고독에 고통마저 곱씹어 삼키죠
내 사랑 언제나 그대 내 곁에
비처럼 음악처럼 남아 주오
어둔 새벽에 등불처럼 비춰 골목길 넘두리
자만했던 현실에 찌든 목소리
마치 물처럼 증발해 사라진 그대여
비 오는 날의 수채화에
그대를 빗대어 간직하고 있다면
웃어 주오 아스라이 사라질 미소라도 주오

사랑했단 말 없이 그리웠단 말 없이 고마웠단 말 없이
그대를 바라봤죠
사랑했단 말 없이 그리웠단 말 없이
이제서야 말해요 미안해요

하늘이 버린 새가 희망 없이
한 소년의 손바닥 위에서 말없이
한없이 힘없이 날갯짓을 하듯이
이렇게 끝없이 살아갈는지

사랑했단 말 없이 그리웠단 말 없이 고마웠단 말 없이
그대를 바라봤죠
사랑했단 말 없이 그리웠단 말 없이
이제서야 말해요 미안해요

노랫말 읽기

가요계에 마치 전설처럼 사라진 두 명의 가수가 있다. 이 노랫말은 아깝게 세상을 떠난 '유재하(1987년)'와 '김현식(1990년)'을 동시에 추모하는 내용이다. 두 사람은 공교롭게도 똑같이 11월 1일에 세상과 결별하였다. 앞부분에서는 천재적인 가수 '유재하'에 대해 추모하였고, 뒷부분에서는 거친 음성을 가진 '김현식'에 대해 추모하였다. 그런데 재미있는 것은 해당 가수의 여러 히트곡에서 따온 말을 '콜라주'처럼 자유자재로 가져다 붙여 자신의 노랫말을 만들어 냈다는 점이다. 화자의 주된 정서는 그리움이지만 그 너머에는 살아생전 '소중한 친구'와 더 많은 시간을 함께하지 못한 것에 대한 미안함이 자리하고 있다.

생각해 보기

• 이 노랫말에서 추모하고 있는 두 가수가 어떤 의미에서 화자에게 '소중한 친구'일지 생각해 보자.
• 노랫말에서 짐작되는 '유재하'와 '김현식'의 개성과 인품에 대해 상상해 보자.

엮어 읽기

시 박목월, 〈이별가〉 죽은 이에 대한 절절한 그리움과 안타까움.
향가 충담사, 〈찬기파랑가〉 / 득오, 〈모죽지랑가〉 전설 속의 두 화랑인 '기파랑'과 '죽지랑'에 대한 추모의 노래.

고등어

노래 루시드 폴(2009)

작사 루시드 폴

어디로든 갈 수 있는 튼튼한 지느러미로
나를 원하는 곳으로 헤엄치네

돈이 없는 사람들도 배불리 먹을 수 있게
나는 또다시 바다를 가르네

몇만 원이 넘는다는 서울의 꽃등심보다
맛도 없고 비린지는 몰라도

그래도 나는 안다네 그동안 내가 지켜 온
수많은 가족들의 저녁 밥상

나를 고를 때면 내 눈을 바라봐 줘요
난 눈을 감는 법도 몰라요

가난한 그대 날 골라 줘서 고마워요
수고했어요 오늘 이 하루도

나를 고를 때면 내 눈을 바라봐 줘요
난 눈을 감는 법도 몰라요

가난한 그대 날 골라 줘서 고마워요
수고했어요 오늘 이 하루도

나를 고를 때면 내 눈을 바라봐 줘요
난 눈을 감는 법도 몰라요

가난한 그대 날 골라 줘서 고마워요
수고했어요 오늘 이 하루도

수고했어요 오늘 이 하루도

노랫말 읽기

가난하고 힘없는 서민을 위로하고 그들에게 힘을 주는 사람이 흔치 않은 현실. 뜻밖에 '고등어'가 자신을 먹거리로써 희생하며 서민을 위로한다. '수고했어요, 오늘 이 하루도'라는 말은 고등어가 하는 말이지만, 사실은 저녁 식탁에 둘러앉은 가족들이 직장에서 귀가한 가장에게 하는 말이다. 고등어 반찬을 매개로 한 어느 서민 가족의 단란한 저녁 한때. 힘겨운 소시민의 삶에 찾아드는 행복은 이토록 소박하다. 그리고 노랫말 속 건강한 서민의 삶은 바다를 가르는 힘찬 고등어처럼 항상 활기차고 희망차다.

생각해 보기

• '고등어'가 눈을 감지 않는 이유는 무엇일지 생각해 보자.
• '고등어'가 힘겨운 삶을 살아가는 서민들에게 어떤 의미가 있는지(혹은 어떤 역할을 하는지) 다양한 측면에서 생각해 보자.

엮어 읽기

시 함민복, 〈긍정적인 밥〉 서민의 삶을 지탱해 주는 따뜻한 밥 한 술.
소설 공지영, 〈고등어〉 고등어에 이렇게 다양한 함축적 의미가 있다니!
광고 박카스 '서민들' 편 서민들의 팍팍한 삶, 때론 사소한 먹거리로도
　위로가 된다.

피어나

노래 심규선(2015)

작사 심규선

한 조각 햇빛도 들지 않는
그런 캄캄한 궁지에
바람을 타고서 날아왔나
작고 외로운 꽃씨
어둡고 후미진 골목에서
넌 뿌리를 내렸지
눈길조차도 머물지 않는 그런
꼭 버려진 아이같이

구둣발에 채이고
머리 위 태양은 타는 듯 뜨겁네
아침이 더디 오길
긴 밤 지새우며 달빛에 위로해
여린 줄기 사이로 잎맥을 따라서
밀어 올리는 건
외로움도 아니요
원망도 아니요
살아 있다는 증거

이 세상이 더 이상 낙원이 아니라도
꽃은 피어나
매일 아프고 두려운 일들에 짓밟혀도
꽃은 피어나
멍든 가슴에 오래 맺힌 꽃 터지듯
병든 이 세상에
너의 향기로 너의 몸짓으로
디디고 일어나 피어나

메마른 바람이 허공에로
자장가를 부르면
의미조차도 알지 못해도 슬퍼
꼭 엄마의 노래같이

헛된 꿈은 쌓이고
거리 위 세상은 차갑게 식었네
안개비라도 오길
긴 밤 지새우며 별빛에 기도해
어린 가지 사이로 잎새 끝끝마다
뻗어 올리는 건
그리움도 아니요
핑계도 아니요
살아 있단 증거

이 세상이 더 이상 낙원이 아니라도
꽃은 피어나
매일 아프고 두려운 일들에 짓밟혀도
꽃은 피어나
멍든 가슴에 오래 맺힌 꽃 터지듯
병든 이 세상에
너의 향기로 너의 몸짓으로
디디고 일어나

사람들은 그 꽃의 이름을 몰라
영원히 그럴지 몰라
누가 봐 주지 않아도 너의 꽃 피워 올려
이 세상이 더 이상 낙원이 아니라도

이 세상이 더 이상 낙원이 아니라도
꽃은 피어나
어떤 불행에 가난에 아무리 짓밟혀도
꽃은 피어나
너의 가슴에 오래 맺힌 꽃 터트려
멍든 이 세상에
너의 향기가 멀리 퍼지도록
고개를 들어
자 피어나

노랫말 읽기

세상의 추위와 역경 속에서 하나의 생명인 꽃이 피어나는 것은 그야말로 고통과 인내의 과정이 아닐 수 없다. 어찌 꽃만이 그러하랴. 온갖 악조건을 이겨 내고 피어난 꽃은 우리네 삶의 사회적 약자, 또는 소외된 소시민을 대변하기도 한다. 이들은 이 세상이 더 이상 낙원이 아니어도, 매일 짓밟혀도, 누가 봐 주지 않더라도, 모진 풍파 앞에서 살아남으려는 몸부림을 거듭하며 자신의 생명을 단련해 나가면서 더욱 향기로운 가치를 획득한다. 사실, 한 나라가 존속할 수 있는 것도 이렇게 피어난 꽃과 같은 한 사람 한 사람의 힘 덕분일지도. 바로 여기에서 이 노랫말의 함의가 드러난다.

생각해 보기

• 이 노랫말에서 '꽃'은 열악한 상황에서도 피어난다. 하나의 생명이 태어나는 데 꼭 필요한 조건이 있다면 무엇일지 생각해 보자.
• 우리 사회에서 이 노랫말 속 '꽃'과 같은 사람은 어떤 사람일까?

엮어 읽기

시 김기택, 〈바람 부는 날의 시〉 작은 나뭇잎이 큰 나뭇가지를 굽힌다. 이 세상을 움직이는 것은 오히려 한 떨기 풀꽃 같은 한 사람이다.
시 박남준, 〈쓰러진 것들이 쓰러진 것들과〉 상처 받은 것들이 서로 기대면 일어설 수 있다.

수고했어, 오늘도

노래 옥상달빛(2011)

작사 김윤주

세상 사람들 모두 정답을 알긴 할까
힘든 일은 왜 한번에 일어날까

나에게 실망한 하루
눈물은 보이기 싫어
의미 없이 밤하늘만 바라봐

작게 열어 둔 문틈 사이로
슬픔보다 더 큰 외로움이 다가와 더 날……

수고했어 오늘도
아무도 너의 슬픔에 관심 없대도
난 늘 응원해 수고했어 오늘도

빛이 있다고 분명 있다고 믿었던
길마저 흐릿해져 점점 더 날……

수고했어 오늘도

아무도 너의 슬픔에 관심 없대도
난 늘 응원해 수고했어 수고했어
수고했어 오늘도

수고했어 오늘도
아무도 너의 슬픔에 관심 없대도
난 늘 응원해 수고했어 오늘도

노랫말 읽기

상처 입은 영혼이 많은 시대, 이 노랫말은 팍팍한 현실을 잘 살아 낼 수 있도록 위로와 응원의 메시지를 전한다. '아무도 너의 슬픔에 관심 없대도'가 지칭하는 외로운 이들. 그것은 나 자신일 수도, 가족일 수도, 친구일 수도, 동료일 수도 있다. 그들에게 건네는 '수고했어, 오늘도!' 라는 말은 외로움을 따뜻이 감싸 안는 희망의 언어요, 어둠 속 한 줄기 빛이나 다름없다. 소외, 무관심 등으로 외로운 현대인이 많아지고 있는 요즘, 더불어 잘 살아가려는 연대감이 노랫말 속에 담겨 있다. 누군가 힘들어하고 있다면 이 말을 건네 보자. "수고했어, 오늘도!"라고.

생각해 보기

• 노랫말 속 화자에게 위로와 격려의 의미로 들려주고 싶은 속담이나 격언이 있다면 무엇인지 생각해 보자.
• 우리는 어떤 때에 '슬픔보다 더 큰 외로움'을 느끼는지 생각해 보자.

엮어 읽기

시 정호승, 〈풀잎에도 상처가 있다〉 상처 받은 존재에게 위로와 격려를 보내는 이는 다름 아닌 나와 같이 상처를 지닌 존재.
시 허영자, 〈행복〉 스스로의 삶을 뜨겁게 감싸 안고 긍정적인 마음을 갖고 있을 때, 비로소 행복을 발견할 수 있다.
방송 EBS 〈지식채널 e〉 '포옹' 편 포옹, 그것은 따뜻한 위안의 힘.

chapter 7

생명이 부른다,
생명을 부른다

— 환경, 생명, 자연

인공 잔디

노래 악동뮤지션(2014)

작사 이찬혁

나에게는 해도 물도 필요하지 않아
그런 거 없이도 배부르게 살 수 있으니까
나에게는 시들 걱정 필요하지 않아
밟히고 뭉개져도 내 색을 잃지 않으니까

모든 게 좋아 보여
All things I have are looking good
하지만 내가 행복하지 못했던 이유는
You know why

나도 숨 쉬고 싶어
비를 삼키고 뿌리를 내고 싶어
정말 잔디처럼
정말 잔디처럼

바람이 불면 간지러워하는 들판을 봐
흔들거려도 내 풀잎은 느껴지지 않아
흙 땅과 맞닿은 맨살에 부끄러워하는

저 풀들과 다르게 난 생기가 돌지 않아

그들은 좋아 보여
All things they have are looking good
시들어 가는 모습도 아름다운 이유는
You know what

나도 숨 쉬고 싶어
비를 삼키고 뿌리를 내고 싶어
정말 잔디처럼
정말 잔디처럼

빛 없이 물 없이 영원할 것 같았던 나의
잔뜩 상해 버린 가짜 풀잎이 뜯겨지네
나도 숨 쉬고 싶어
비를 삼키고 뿌리를 내고 싶어
정말 잔디처럼
정말 잔디처럼

나도 느끼고 싶어
살아 있다고 하늘을 펄럭이고 싶어
잔디처럼
정말 잔디처럼

노랫말 읽기

최근에 한국이 세계 1위의 성형공화국이란 보도가 나온 바 있다. 아이러니하게도, 아름다움을 좇는 이들과 성형외과 의사가 공통적으로 추구하는 것은 '최대한 자연스럽게' 보이는 수술. 아름다움이란 인위적으로 만들 수도 있는 것이지만 자연스러운 아름다움을 능가하기가 어렵다. 이 노랫말에서 '인공 잔디'와 '자연 잔디'의 아름다움도 이와 같은 관점에서 바라볼 수 있다. 인공 잔디는 누군가에게 밟혀도 시들지 않고 변색하지도 않는다. 하지만 자연 잔디 같은 천연의 '생기'나 '개성', '생명력'이 없다. 인공 잔디의 입장에서 가사를 음미한다면 뜨거운 햇빛이나 비바람이라는 시련을 삼키며 시들어 가는 과정마저도 하나의 매력이라는 것을 알 수 있다.

생각해 보기

• 인공미와 자연미가 갖는 가치를 비교해 보고, 진정한 아름다움이 무엇인지 말해 보자.
• 우리 사회에 '진짜 같은 가짜 자연'이 많다면 어떠할지 생각해 보자.

엮어 읽기

시 이호우, 〈개화〉 자연 생명이 탄생하는 과정은 경이로움 그 자체.
시 양성우, 〈살아 있는 것은 아름답다〉 살아 있는 것의 살아감, 그것은 그 어떤 인공의 것들과 비교할 수 없을 만큼 아름답다.
소설 올더스 헉슬리, 〈멋진 신세계〉 인간마저도 인위적으로 복제하여 감정과 종교와 도덕 등을 지배할 수 있다니! 그것은 유토피아일까, 디스토피아일까?

날아라 병아리

노래 넥스트(1994)

작사 신해철

육교 위의 네모난 상자 속에서
처음 나와 만난 노란 병아리 얄리는
처음처럼 다시 조그만 상자 속으로 들어가
우리 집 앞뜰에 묻혔다
나는 어린 내 눈에 처음 죽음을 보았던
1974년의 봄을 아직 기억한다

내가 아주 작을 때
나보다 더 작던 내 친구
내 두 손 위에서 노래를 부르면
작은 방을 가득 채웠지
품에 안으면 따뜻한 그 느낌
작은 심장이 두근두근 느껴졌었어

우리 함께한 날은
그리 길게 가지 못했지
어느 날 얄리는 많이 아파
힘없이 누워만 있었지

슬픈 눈으로 날갯짓하더니
새벽 무렵엔 차디차게 식어 있었네

굿바이 얄리
이젠 아픔 없는 곳에서
하늘을 날고 있을까
굿바이 얄리
너의 조그만 무덤가엔
올해도 꽃은 피는지

눈물이 마를 무렵
희미하게 알 수 있었지
나 역시 세상에 머무르는 건
영원할 수 없다는 것을
설명할 말을 알 수는 없었지만
어린 나에게 죽음을 가르쳐 주었네

굿바이 얄리
이젠 아픔 없는 곳에서
하늘을 날고 있을까
굿바이 얄리
너의 조그만 무덤가엔

올해도 꽃은 피는지
굿바이 얄리
이젠 아픔 없는 곳에서
하늘을 날고 있을까
굿바이 얄리
언젠가 다음 세상에도
내 친구로 태어나 줘

노랫말 읽기

육교 아래에서 작은 상자에 담겨 사람들에게 팔리던 노란 병아리는 그 옛날 철없는 아이들의 장난감이었다. 그러나 적어도 화자에게 그 병아리는 장난감이 아닌, '생명'이라는 고귀한 존재였다. 그래서 화자는 병아리에게 '얄리'라는 이름을 지어 주었다. 또 플라스틱 장난감과 달리 얄리에게서 '작은 심장'이 뛰고 있다는 사실을 깨닫는다. 그리고 얄리의 심장이 멈추는 날, '눈물'과 '아픔'을 경험한다. 또 화자는 생명은 영원할 수 없다는 평범한 진리를 얄리의 죽음을 통해 알게 된다. 그래서 이제 화자는 눈물을 씻고 얄리에게 '아픔 없는 곳'에서 훨훨 날아 보라며, '굿바이 얄리'라는 마지막 인사를 할 수 있게 된다. 다음 세상에서는 혹여 친구로 재회할 수 있기를 간절히 바라면서 말이다.

생각해 보기

- '병아리'가 가진 상징적 의미를 생각나는 대로 열거해 보고, 이 노랫말에서는 어떤 상징성을 활용하고 있는지 말해 보자.
- 이 노랫말에 쓰인 시어(혹은 시구)를 '죽음'과 연관된 것과 '생명'과 연관된 것으로 분류해 보자.

엮어 읽기

시 정지용, 〈유리창〉 사랑하는 대상의 죽음에서 오는 슬픔. 그 지점에서 차디찬 날갯짓(혹은 '차고 슬픈 것')을 목격한다.

고전수필 이규보, 〈슬견설〉 한낱 미물의 죽음일지라도 '생명'이라는 본질과 마주하면 숙연해지는 법.

붉은 바다

노래 넥스트 외(1995)

작사 신해철

이제는 차갑게 식어 버린
기름에 더럽혀진 돌고래가 누워 있는 모래밭 위엔

그토록 오랜 세월 동안 간직한
어부들의 조각난 꿈이 파도에 쓸려 나가네

하얀 파도와 춤추며 날으던 갈매기 노래 소리들
그 언제던가

핏빛으로 붉게 물든 바다여
수천과 수만의 죽음이여
이제 여기서 멈추게 하라
어머니인 저 바다의 피눈물을 멈추게 하라

우린 지금 이 세상을 잠시 스쳐 가지만
이 땅 위의 모든 것 태어났던 그곳
바다 저 고향의 바다
이 세상의 끝까지라도 영원히

우리를 지키며 숨 쉬네

저 멀리 떠나 버린 수많은 생명들이
이젠 돌아오게 하라

노랫말 읽기

우리에게 잘 알려진 옛이야기의 등장인물 가운데 '팥쥐, 놀부, 뺑덕어멈'의 공통점은 무엇일까? 바로 남을 해치려다 큰 화를 입게 되는 인물이라는 것이다. 비단 옛이야기뿐이겠는가? 동서고금을 막론하고 오늘날의 문학, 드라마, 영화, 만화 등 인간의 삶을 다룬 수많은 이야기에서 '권선징악'이라는 주제를 만날 수 있다. 〈붉은 바다〉도 마찬가지다. 지구의 70퍼센트를 이루는 생명수가 오염되어 붉은 피울음을 토해 내고 있는 장면을 떠올려 보자. 절망과 절종만이 남을 것이다. 인간 자신만 잘살기 위해 무분별하게 자연을 해친다면 결국 그 화가 인과응보로 인간에게 돌아오는 법. 그것이 바로 '남의 눈에 눈물 나게 하면 자기 눈에는 피눈물 나게 된다'는 것을 상기해야 하는 이유이다.

생각해 보기

• '바다'를 어머니에 비유한 이유가 무엇일지 생각해 보자.
• '저 멀리 떠나 버린 수많은 생명들'을 돌아오게 하는 생활 속 실천 방안을 생각해 보자.

엮어 읽기

시 신진, 〈강·물고기회〉 병든 물고기 천지, 마음 놓고 낚시할 수 있는 강이 사라지고 있는 현실.

소설 루이스 세풀베다, 〈연애소설 읽는 노인〉 자연을 훼손할 권리는 누구에게도 없다.

영화 페렝·자크 클로드 감독, 〈오션스〉 쓰레기장이 된 바다. 인간의 탐욕으로 인한 생태계 파괴를 경고한다.

나영이

노래 요조(2011)

작사 요조

집을 나와 마을버스 타러 걸어가던
연희동 골목길
먹을 것을 뒤적거리던
고양이 한 마리를 만났네

내가
뭐라도 좀 가져다줄까
추운데 잘 곳은 있는지

그저 앞발만 꾹꾹
꼬리를 한 번 흔들
조심스레 고양이
내게 말하네

배고픈 것은 괜찮아
아무리 추워도
따뜻한 자동차 밑이라면
얼마든지 있는걸

얼마든지 있는걸

그보다 난 말야
아무라도 누군가
나를
불러 주면 좋겠어
단 하나뿐인 이름으로

노랫말 읽기

이 노랫말은 화자와 고양이와의 대화로 이루어졌다. 먹을 것을 찾아 골목길을 어슬렁거리는 길고양이. 화자는 먹을 것과 쉴 곳을 걱정하며 그 고양이에게 특별한 애정을 표현한다. 돌아오는 고양이의 대답이 뜻밖이다. 고양이가 정작 원하는 것은 '먹을 것'도 '잘 곳'도 아닌, 바로 '이름'이었다. '이름'으로 불리기를 원하는 고양이. 그것은 바로 지구상에 살고 있는 소중한 '생명'으로서의 가치와 존재감을 느끼고 싶다는 의미일 것이다. 우리 사회에서 이름을 부여받지 못한 동물은 야생동물이거나 사실상 버려진 동물이 아니겠는가. 이름을 불러 준다는 것의 소중한 의미를 깨닫게 된 화자는 마침내 고양이에게 '나영이'라는 예쁜 이름을 붙여 주었다.

생각해 보기

• 화자가 골목에서 만난 고양이에게 (우리가 흔히 부르는 대로) '야옹이'가 아니라 '나영이'라는 이름을 붙여 준 이유가 무엇일지 생각해 보자.
• 요즘 우리 사회에서 골칫거리가 되고 있는, 길거리를 배회하는 '길고양이'에 대한 합리적인 대책을 생각해 보자.

엮어 읽기

시 김춘수, 〈꽃〉 누군가 나의 이름을 좀 불러 주기를……. 관계를 맺고자 하는 사이에서 이름을 불러 주는 행위는 뜻밖에 소중한 의미가 된다.

시 이장희, 〈봄은 고양이로다〉 당신은 고양이에게서 무엇을 느끼나? 때로는 고양이에게서 뜻밖의 것이 연상되기도 한다.

북극곰아

노래 좋아서 하는 밴드(2010)

작사 조준호

북극곰아 북극곰아
너의 보들한 하얀 털이 난 좋아
북극곰아 북극곰아
너의 동그란 까만 눈이 난 좋아

공룡책을 보다 보면 만나고 싶은
친구들이 너무 많아
미래에 아이들이 이 사진 보면
니가 너무 보고 싶어 못 견딜 거야

북극곰아 북극곰아
너의 보들한 하얀 털이 난 좋아
북극곰아 북극곰아
너의 동그란 까만 눈이 난 좋아

차가운 얼음 위에 니가 니가 살 수 있게
뜨거운 여름에도 내가 내가 참아 볼게
차가운 얼음 위에 니가 니가 살 수 있게

뜨거운 여름에도 에어컨은 잠시 꺼 둘게

북극곰아 북극곰아
너의 보들한 하얀 털이 난 좋아
북극곰아 북극곰아
너의 동그란 까만 눈이 난 좋아
너의 동그란 까만 눈이 난 좋아

노랫말 읽기

뜨거운 여름날 동물원에 가서 북극곰을 지켜본 적이 있는가? 사육사가 연신 얼음을 가져다 물 위에 띄워 주지만, 북극곰은 여름이 고통스러울 수밖에 없다. 지금 북극의 얼음이 녹아 없어지고 있단다. 북극곰이 맘 놓고 머물 곳이 사라져 여름날 동물원처럼 고통이 찾아오고 있는 것이다. 이러다간 북극곰이 사라지고 공룡처럼 화석으로 남을지도 모른다고 걱정하는 화자. 북극곰이 차가운 얼음 위에서 살 수 있도록 하려면 지구 온난화를 늦출 수 있는 생활 속 작은 실천이 중요하다는 사실을 전달하고 있다.

생각해 보기

• 지구 온난화로 인해 생명을 위협받는 존재는 '북극곰' 말고 또 무엇이 있을까?
• 북극곰의 생존을 위해 일상생활 속에서 우리가 실천할 수 있는 일에는 어떤 것이 있을지 생각해 보자.

엮어 읽기

시 손택수, 〈부산에 눈이 내리면〉 '부산에 눈이 내리면 북극곰이 운다' 고 노래한다. 북극을 향한 뜨거운 그리움.
소설 김원일, 〈도요새에 관한 명상〉 한 마리 동물로부터 촉발한 환경에 대한 문제의식.

같이 살자

노래 양양(2012)

작사 양양

같이 살아가자 땅의 나무와 풀벌레
같이 노래하자 하늘의 새와 작은 시냇물
같이 춤을 추자 갈대들아 바람에 맞춰
같이 안고 살자 이 조그만 세상에서

같이 산다는 건 쉽지만은 않았지
같이 살자는 건 미안했다는 내 사과야
숨을 쉬면서도 고마운 줄을 몰랐어
같이 안고 살자 이제는 내가 안아 줄게

시간은 흘러
너를 잊게 하네
돌이켜서라도
너와 함께 살던 그때로 돌아갈게

누구도 누구를 아프게 하지 말고
서로가 서로를 위로해 가며

시간은 급하여
너를 놓치고 가네
그러면 돌이켜서라도
너와 함께 살던 그때로 돌아갈게

사람들아
잊지를 말자
라라라 우리를 키워 준 어릴 적 그 동산

꽃과 나무와 바람
하늘 아래 같이 살았던
어여쁜 내 친구들

같이 살아가자
같이 안고 살자 아름다운 세상에서

노랫말 읽기

자연이 없는 삶을 상상해 본 적이 있는가? 우리 곁에 나무도 풀벌레도 새도 시냇물도 없다면? 아마도 새와 풀벌레의 노래 대신 자동차 소음이 난무할 것이고, 나무가 배출하는 청정한 공기 대신 매캐한 매연만이 가득할 것이다. 뿐인가, 시냇물에 사는 물고기들의 활기찬 유영 또한 콘크리트로 덮일 것이다. 무엇인가 자꾸 없어진다는 사실을 마주하고서야 그것의 소중함을 깨닫는 경우가 있다. 인간의 무관심 속에 훼손되어 가는 자연에 대해 화자는 말한다. 아프게 하지 말자고. 그리고 잊지 말자고. 인간과 더불어 살아가야 하는 생명들, 자연과 함께해야 우리의 삶도 아름답다는 평범하지만 위대한 진리를 다시금 생각해 보게 한다.

생각해 보기

• 자연과 더불어 살아가기 위해 꼭 지켜야 할 규칙이 있다면 무엇일지 생각해 보자.
• '같이 살자는 건 미안했다는 내 사과'라는 말의 의미가 무엇인지 생각해 보자.

엮어 읽기

시 강경주, 〈환청〉 작고 미약한 생명일지라도 소중히 여겨야 한다.
시 김지하, 〈새봄 3〉 우주의 온갖 생명들은 서로 의지하며 살아가야 하는 형제.
영화 롤랜드 에머리히 감독, 〈투모로우〉 자연과 같이 살지 않으면 내일은 없다.

물이 되는 꿈

노래 루시드 폴(2005)

작사 루시드 폴

물, 물이 되는 꿈
물이 되는 꿈
물이 되는 꿈
꽃, 꽃이 되는 꿈
씨가 되는 꿈
풀이 되는 꿈
강, 강이 되는 꿈
빛이 되는 꿈
소금이 되는 꿈
바다, 바다가 되는 꿈
파도가 되는 꿈
물이 되는 꿈

별, 별이 되는 꿈
달이 되는 꿈
새가 되는 꿈
비, 비가 되는 꿈
돌이 되는 꿈

흙이 되는 꿈
산, 산이 되는 꿈
내가 되는 꿈
바람이 되는 꿈
다시 바다, 바다가 되는 꿈
모래가 되는 꿈
물이 되는 꿈

물, 비가 되는 꿈
내가 되는 꿈
강이 되는 꿈
다시 바다, 바다가 되는 꿈
하늘이 되는 꿈
물이 되는 꿈

노랫말 읽기

물아일체(物我一體)는 자연물과 자신이 마치 한 몸처럼 하나가 되는 경지를 말한다. 이 노랫말에는 '물, 꽃, 씨, 풀, 강, 빛, 소금, 바다, 파도, 별, 달, 새, 비, 돌, 흙, 산, 내, 바람, 모래, 강, 하늘' 등 온갖 자연물이 등장한다. 화자는 이 모든 자연물을 객관적으로 즐기려고 하는 것이 아니라 그것이 '되기'를 꿈꾼다. 특히 화자는 '물'이 되는 데에 방점을 두고 있다. 물이 되는 꿈으로 시작해서 물이 되는 꿈으로 끝나기 때문이다. 생명의 근원인 물이 되고자 하는 화자의 간절한 바람을 읽을 수 있다.

생각해 보기

• 화자에게 '물'이 된다는 것은 어떤 의미가 있는 일일지 생각해 보자.
• 이 노랫말에 더 추가하고 싶은 자연물이 있다면 무엇인지 말해 보자.

엮어 읽기

시 강은교, 〈우리가 물이 되어〉 메마르고 각박한 이 세상을 적실 수 있는 것은 '물'뿐. 물의 생명력을 예찬한다.

소설 카프카, 〈변신〉 내가 만약 다른 것이 된다면…… '물'이 되는 기분과 '벌레'가 된 기분의 차이는?

방송 EBS 〈지식채널 e〉 '물이 되는 꿈' 편 오직 물 속에서 '인어공주'처럼 살아 있음을 느끼는 해녀.

언젠가 너로 인해

노래 가을방학(2013)
작사 정바비

아주 조그만 눈도 못 뜨는 너를
처음 데려오던 날
어쩜 그리도 사랑스러운지 놀랍기만 하다가
먹고 자고 아프기도 하는 널 보며
난 이런 생각을 했어

지금 이 순간 나는 알아
왠지는 몰라 그냥 알아
언젠가 너로 인해 많이 울게 될 거라는 걸 알아
궁금한 듯 나를 바라보는 널 보며
난 그런 생각을 했어

아주 긴 하루 삶에 지쳐서
온통 구겨진 맘으로 돌아오자마자
팽개치듯이 침대에 엎어진 내게
웬일인지 평소와는 달리
가만히 다가와 온기를 주던 너

지금 이 순간 나는 알아
왠지는 몰라 그냥 알아
언젠가 너로 인해
많이 울게 될 거라는 걸 알아

너의 시간은 내 시간보다 빠르게 흘러가지만
약속해
어느 날 너 눈 감을 때
네 곁에 있을게
지금처럼

그래 난 너로 인해
많이 울게 될 거라는 걸 알아
하지만 그것보다 많이 행복할 거라는 걸 알아

궁금한 듯 나를 보는 널 꼭 안으며
난 그런 생각을 했어

노랫말 읽기

이 노랫말에 등장하는 '너'는 사람이 아니라 화자의 반려견이다. 품에 안긴 반려견을 쳐다보며, '언젠가 너로 인해' 많이 울고 힘들어지겠지만 그래도 평생 함께 살아가자고 다짐하고 있다. 이 노랫말 속 화자의 마음을 가장 잘 이해하고 공감할 수 있는 사람은 아마도 반려동물을 한 번이라도 키워 본 사람이 아닐까 싶다. 반려동물이 나보다 먼저 세상을 등지게 되는 숙명과 맞닥뜨려 본 사람은 안다. '너의 시간은 내 시간보다 빠르게 흘러'간다고 노래한 화자의 마음이 얼마나 절절한 것인가를, '너'와 평생의 동반자가 되지 못하고 언젠가는 혼자 남아서 구슬프게 울어야만 한다는 그 사실을 말이다.

생각해 보기

• '너의 시간은 내 시간보다 빠르게 흘러간다'는 말의 의미가 무엇일지 생각해 보자.
• 반려동물이 주는 행복과 아픔을 모두 생각해 보자.

엮어 읽기

소설 황순원, 〈목넘이 마을의 개〉 간난이 할아버지가 마을에 나타난 개 '신둥이'의 목숨을 어떻게든 지켜 주려고 한다.
영화 최양일 감독, 〈퀼〉 인간과 강아지 '퀼'과의 교감을 감동적으로 형상화한 작품.

먼지 낀 세상엔

노래 015B(1992)

작사 최리라

소나기 속에 우산 없이 마음껏 달리던 시절
언제나 삶은 투명하고 밝은 햇빛 속에 반짝였지
이젠 아이들에게 무엇을 말해 줄까
흐르는 모래알처럼 달아난 시절 뒤로
낡은 유리창 밖 먼지 낀 세상엔
욕심과 고집 무관심들 속에 상처 가득한 마음
그리워질 때는 이미 늦은 거야
열쇠를 가진 그댄 외면 속에 사라져 갔지

헛된 꿈속에 깨어 봐도 여전히 숨 막힌 세상
파란 하늘과 맑은 눈물 떠나면 어떻게 살아갈까
이젠 아이들에게 무엇을 보여 줄까
우린 끝이 보이는 사랑을 시작했지
돌이킬 수 없는 아름다운
세상 거짓 사랑과 헛된 바람들로 시들어 가는 우리
그리워질 때는 이미 늦은 거야
열쇠를 가진 그댄 외면 속에 사라져 갔지

노랫말 읽기

미세 먼지의 홍수 속에서 살아남으려면 어떻게 해야 할까? 어제도 오늘도 내일도 날씨 정보엔 '미세 먼지 주의보' 발령. 지독한 아이러니 같지만, 문명이 발달하고 생활 수준이 향상될수록 우리의 환경은 점점 숨 막히는 환경으로 바뀌고 있다. '먼지 낀 세상'으로 표상되는 환경 오염. 아이들에게 파란 하늘을 보여 줄 수 없게 된 현실에서 이 노랫말을 통해 힘주어 강조하려는 것은 인간의 무분별한 '욕심과 고집', 그리고 '무관심'이다. 그것은 우리를 시들어 가게 함과 동시에 언젠가는 우리 주변의 모든 생명 공동체를 파멸로 이끌지도 모르는 가장 포악한 공포의 대상에 속하기 때문이다.

생각해 보기

• '열쇠를 가진 그대'는 누구를 지칭하는 것일까?
• 이 노랫말의 내용으로 미루어 볼 때, 미래의 세대가 살아갈 환경은 어떠할지 생각해 보자.

엮어 읽기

시 최승호, 〈공장 지대〉 인간의 몸 안에 공장 지대가 들어선 끔찍한 느낌을 전달한다.

소설 김원일, 〈도요새에 관한 명상〉 도요새의 멸종, 환경 오염을 바라보는 다양한 시각으로 문제에 접근한다.

영화 크리스토퍼 놀란 감독, 〈인터스텔라〉 대기 오염으로 황폐해진 멸망 직전의 지구인을 구하기 위한 작전.

모든 게 아름다워

노래 이한철(2012)

작사 이한철

숨 쉬는 나무들 헤엄치는 물고기들
나부끼는 저 새들도 모든 게 아름다워

살아 있는 모든 것들 저마다 이유가 있어
사랑하는 사람들도 그중에 하나일 뿐이라네

새하얀, 초록의, 푸르름의 속삭임들
내 시야를 채우는 모든 게 아름다워

우릴 에워싼 모든 것 저마다 이유가 있어
빛나는 지구를 나눠 쓰는 하나일 뿐이라네

그대여 그대는 참 소중한 사람이네
그대의 꼭 그만큼 소중한 저 생명들

모든 게 아름다워
모든 게 아름다워

노랫말 읽기

지구의 주인은 누구일까? 많은 사람이 지구의 주인은 인간이라고 생각한다. 그러나 인류의 탄생 이전부터 지구를 유지해 온 존재가 있었으니, 바로 자연이다. 그러고 보면 '빛나는 지구'는 인간과 자연이 공존 공생하면서 살아가는 터전이 아닌가. 고로 이렇게 말할 수 있다. 살아 있는 모든 것은 그것이 인간이든 자연이든 절대적으로 소중한 생명이라고. '살아 있다'는 것은 때로 '생존'을 뜻하기도 하고 '생활'을 뜻하기도 하지만, 존재의 활동을 근본적으로 가능하게 하는 '생명'을 뜻하기도 한다. 이 노랫말에는 인간을 에워싸고 있는 자연의 본성을 존중하는 생명 의식이 뚜렷하게 펼쳐져 있다. 살아 있는 모든 것은 위대한 것이니, 이것은 생명을 생명답게 살려 가야 하는 이유가 된다.

생각해 보기

• 지구를 나눠 쓰는 대상들을 나열해 보고, 그중 진정한 지구의 주인이 누구라고 생각하는지 말해 보자.
• 사소하다고 생각되는 생명체가 있다면 무엇인지, 그 이유와 함께 말해 보자.

엮어 읽기

시 정현종, 〈광채 나는 목소리로 풀잎은〉 실상 이 우주는 작은 생명 하나하나에 의해 떠받들어지며 움직여 가는 것!
소설 김숨, 〈물〉 단 한 방울의 물도 존재 가치가 있다.
방송 EBS 〈지식채널 e〉 '지구의 리듬' 편 인간의 소리가 자연의 소리를 뒤덮어 버리고 있다.

하늘, 바다, 나무, 별의 이야기

노래 조관우(1994)

작사 하광훈

어릴 적 내가 살던 동네 뒷산엔
언제나 푸른 꿈이 살고 있었지
개울가 물놀이로 하루해가 기울어 가고
풀벌레 노래 속에 꿈이 자라난 곳
너는 하늘을 사랑하니
나는 바다를 사랑해

분명 이 땅과 하늘의 주인은 바로 너희들이지
우린 너희들의 미래를 빌려 쓰고 있을 뿐

어제는 창에 앉아 하늘을 보며
언제나 내 친구이던 별을 찾았지
그곳엔 어느 별도 살 수 없어 떠나 버렸어
아무도 살지 않는 나의 하늘이여
너는 나무를 사랑하니
나는 별을 사랑해

분명 이 땅과 하늘의 주인은 바로 너희들이지

우린 너희들의 미래를 빌려 쓰고 있을 뿐

늦은 것이 아닐까 모두들 포기한 듯해도
내가 널 항상 지켜 줄 거야
누가 너의 맑은 눈과 밝은 미소를 외면하면서
꿈을 더럽힐 수 있겠니
이 땅과 하늘은 주인은 바로 너희들이지
우린 너희들의 미래를 빌려 쓰고 있을 뿐

두 번 다시 포기하지 않겠어

노랫말 읽기

이 노랫말은 화자인 '나'가 '너'와 '너희들'에게 다정하게 이야기를 건네는 형식을 취하고 있다. 아마도 '너'와 '너희들'은 기성세대인 '나'의 뒤를 이을 미래 세대인 '후세(後世)'일 것이다. 앞부분에서는 '나'가 옛날에 살던 '동네'의 아름다움을 '너'에게 전한다. 뒷부분에서는 어릴 적 '나'의 친구였던 '별'이 모두 사라져 버린 '하늘'을 안타까워한다. 이러한 안타까운 현실을 인식한 화자가 후렴구를 통해 '나'와 '너'가 사랑하는 '하늘, 바다, 나무, 별'을 '너희들'을 위해 지켜 주겠다는 다짐을 한다. 이 다짐은 기성세대가 후세의 '미래'를 단지 빌려 쓰고 있는 것이니 마땅히 그들에게 온전히 물려줘야 하지 않겠냐는 성찰의 결과이다.

생각해 보기

• '내 친구'처럼 여기던 '별'이 '하늘'에서 사라졌다는 것은 무슨 의미일지 생각해 보자.
• 화자가 '포기하지 않겠'다고 한 것은 구체적으로 무엇일까?

엮어 읽기

시 정지용, 〈고향〉 '어릴 적 내가 살던' 아름다웠던 그곳을 차마 잊을 수 없다.

고전 수필 이곡, 〈차마설〉 내가 가진 모든 것은 세상에서 단지 빌린 것일 뿐이며, 마땅히 돌려줘야 할 것들이다.

고백

Antifreeze

그중에
그대를 만나

오, 사랑

우리는 선처럼
가만히 누워

산골 소년의
사랑 이야기

가장 보통의
존재

머리를 자르고

거꾸로 걷는다

3인칭의 필요성

봄날은 간다

바람이 분다

이별의 온도

백세인생

네모의 꿈

숭례문

못생겨도 괜찮아

MAMA

134-14

1996,
그들이 지구를
지배 했을 때

사람들을 착하게
만들어 놓았더니

착한 늑대와
나쁜 돼지 새끼
세 마리

두 바퀴로 가는
자동차

일탈

Tomorrow

꿈이 뭐야

민물장어의 꿈

말하는 대로

야생화

요즘 너 말야

날개

내 낡은
서랍 속의 바다

붉은 낙타

새봄나라에서
살던 시원한 바람

출발

코뿔소

75점

상자 속 젊음
Pt.2

학교에서 뭘 배워

자유에 관하여

소격동

외롭지 않은 섬

No More Terror

...라구요

철망 앞에서

통일로 가는 길

발해를 꿈꾸며

위잉위잉

졸업

싸구려 커피

치킨런

삐걱삐걱

UFO

개구리 소년

막걸리나

대정부 질문

가만히 있으라

가족

엄마가 딸에게

가족사진

아버지

아버지와 나

양화대교

어머니의 된장국

새벽 그림

11월 1일

고등어

피어나

수고했어, 오늘도

인공 잔디

날아라 병아리

붉은 바다

나영이

북극곰아

같이 살자

물이 되는 꿈

언젠가 너로 인해

먼지 낀 세상엔

모든 게 아름다워

하늘, 바다, 나무,
별의 이야기

국어시간에 노랫말읽기

1판 1쇄 발행일 2016년 5월 30일
2판 1쇄 발행일 2020년 3월 23일
2판 2쇄 발행일 2020년 9월 28일

엮은이 공규택·조운아

발행인 김학원
발행처 (주)휴머니스트출판그룹
출판등록 제313-2007-000007호(2007년 1월 5일)
주소 (03991) 서울시 마포구 동교로23길 76(연남동)
전화 02-335-4422 팩스 02-334-3427
저자·독자 서비스 humanist@humanistbooks.com
홈페이지 www.humanistbooks.com
유튜브 youtube.com/user/humanistma 포스트 post.naver.com/hmcv
페이스북 facebook.com/hmcv2001 인스타그램 @humanist_insta
편집책임 문성환 편집 김사라 디자인 김태형 일러스트 박정원
용지 화인페이퍼 인쇄 청아디앤피 제본 정민문화사

ⓒ 공규택·조운아, 2020

ISBN 979-11-6080-357-0 43810

이 도서의 국립중앙도서관 출판예정도서목록(CIP)은 서지정보유통지원시스템 홈페이지(http://seoji.nl.go.kr)와
국가자료공동목록시스템(http://www.nl.go.kr/kolisnet)에서 이용하실 수 있습니다.(CIP제어번호: CIP2020004340)